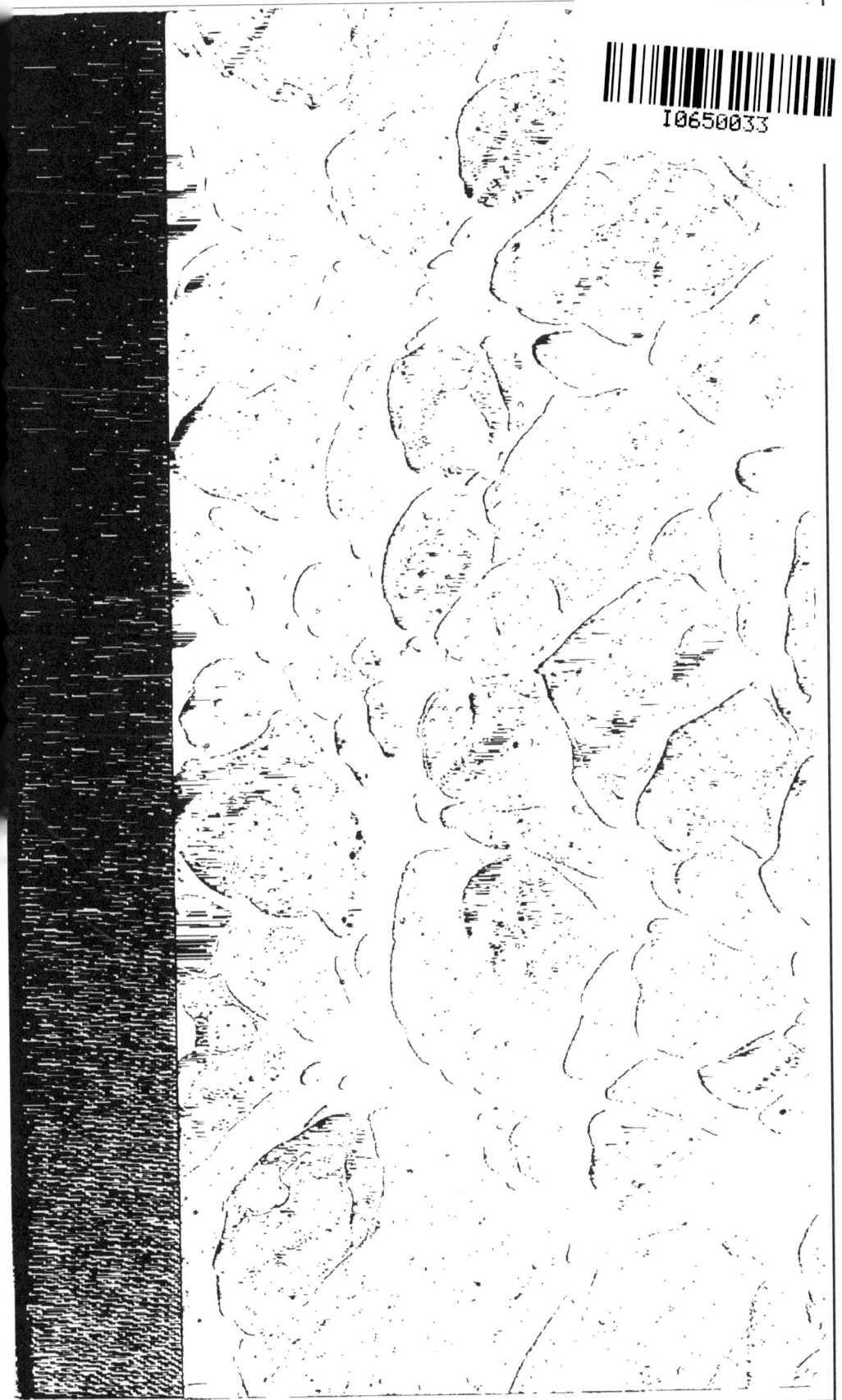

I0650033

LES JOURNÉES

AU VILLAGE.

LES JOURNÉES

AU VILLAGE,

OU

TABLEAU D'UNE BONNE FAMILLE.

Ouvrage où l'on trouvera des Contes, des Historiettes, des Apologues, etc. pour amuser utilement la jeunesse.

ORNÉ DE 72 FIGURES.

PAR M. DUCRAY-DUMINIL.

Voyez-vous cet asyle champêtre, là-bas près de ce bois, sur le penchant de cette colline boisée?... c'est le toit du père de famille qui forme des hommes pour la postérité.

TOME SIXIÈME.

A PARIS,

Chez LEPRIEUR, Libraire, rue St.-Jacques, n°. 278.

AN XII. — 1804.

La verte Haquenée.

Le petit Sourd

LES
JOURNÉES AU VILLAGE,

OU

TABLEAU
D'UNE BONNE FAMILLE.

QUARANTE-CINQUIÈME JOURNÉE.

PERSONNAGES.

MARION DESVIGNES,

Tony, *Mimi*, *Fanfan*, *Eugène* et
Charlet.

PENDANT l'absence de M. d'Arleville
et des cinq jeunes gens les plus grands,
Marion Desvignes, la bonne gouvernante de la maison, se trouva entourée
des plus petits qui la prièrent de leur
dire un conte des fées. Maman, ajouta
Tony, est occupée avec nos sœurs à des

VI.

affaires domestiques, Marion, nous avons tout le tems! Voyons, laisse-là ton tricot, et raconte-nous quelque chose de bien intéressant. — Avec plaisir, mes enfans, avec plaisir; mais, avant tout, je voudrais savoir quel est parmi vous, le petit indiscret qui s'est avisé d'aller essayer de traire la chèvre que votre maman a achetée hier : on l'avait enfermée dans la seconde écurie, là-bas, avec défense expresse à aucun de vous, de la part de madame, d'aller pénétrer dans ce lieu, encore moins de toucher à la chèvre. Point du tout; la porte de l'écurie s'est trouvée ouverte : un petit curieux y est entré; il a monté sur le dos de cette pauvre bête, pour en faire une espèce de cheval, et pis que cela, il l'a presque estropiée en cherchant à la traire! Hein? voyons que je consulte vos petites physionomies.... En voilà une bien rouge; ah, mon Dieu, c'est comme un feu! décèlerait-elle le coupable? répondez, monsieur Charlet? — Ma bonne.... je t'assure.... que....

— C'est vous, monsieur Charlet, et quand vous n'en conviendriez pas, ne vois-je pas là sur votre joue droite une contusion que vous vous êtes faite en tombant de dessus la chèvre que vous vouliez faire galopper comme le cheval bai de votre cousin Henri? — Mais....

— Point de mais : c'est vous, vous dis-je! cela est bien vilain d'être désobéissant aux ordres de votre tante, d'aller prendre secrètement, dans l'antichambre, la clef de cette écurie, d'y entrer en tapinois, de faire du mal à la chèvre et de risquer à vous tuer, ou tout au moins à vous estropier en jouant avec elle! Fi, que c'est laid! — En grâce, ma bonne, n'en parle pas à ma tante. — Elle le sait. Oh, mon Dieu! elle sait que c'est vous. Les petits curieux ne pensent pas à tout; ils se font eux-mêmes découvrir; et, quand on n'aurait pas vu tout le lait répandu par terre, ce qui a prouvé que quelqu'un l'avait tiré de la chèvre, n'aurait-on pas deviné que c'était vous, puisque vous

1.

avez oublié quelque chose dans cet endroit. — Quelque chose, quoi donc ? — Ah, voilà de mes petits fous qui n'ont ni prudence, ni mémoire. Tenez, Monsieur, c'est ce rouleau de papier où vous écrivez des belles lettres bâtardes ou moulées. Le voilà, le reconnaissez-vous ? Vous rappelez-vous maintenant que vous l'avez laissé sur une pierre en entrant dans l'écurie, à gauche ? — C'est vrai, je ne m'en souvenais plus, je l'ai cherché partout. — Et c'est madame qui l'a trouvé, qui s'est apperçue la première de tout le dégât, qui m'en a fait part enfin, en m'ordonnant de vous réprimander comme il faut !... aussi....

Tony interrompt Marion : Ma bonne, lui dit-il, sommes-nous ici pour t'entendre gronder ? c'est bien ennuyeux ! Charlet a fait une faute, c'est vrai ; mais il s'en repent : N'est-ce pas, mon cousin, que tu t'en repens ?... Là, il ne le fera plus, voilà qui est fini. Revenons, ma bonne, à cette histoire, que nous t'avons demandée, et que tu nous as promise. — Volontiers ; écoutez - la , vous sur-tout, monsieur Charlet, et vous verrez que , lorsque vous êtes désobéissant , s'il vous en arrivait autant qu'au petit Brion et à sa sœur , vous ne vous aviseriez plus d'aller fourrer votre nez où vous n'avez que faire.

LA VERTE HAQUENÉE.

« Il y avait une fois un roi et une reine qui faisaient le bonheur de leurs sujets , et vivaient parfaitement heureux , à l'exception qu'ils n'avaient point d'enfans , et craignaient qu'après leur mort, l'empire ne tombât au pouvoir d'un prince indigne de régner. C'était - là le seul vœu que faisaient ces bons souverains , et souvent la reine intercédait la fée Candide, bonne créature qui depuis long-tems présidait à son bonheur , pour qu'elle lui accordât la faveur de devenir mère. Je le veux bien , lui répondit un jour la fée : dès demain vous porterez dans votre sein deux enfans charmans , fille et garçon ; mais je ne puis vous ca-

cher que, si vous ne suivez pas exacte-
ment les avis que je vous donnerai, j'en-
trevois dans l'avenir les plus grands maux
pour ces chers enfans. — Comment? ex-
pliquez-vous. — Oui, depuis une certaine aventure fort désagréable qui m'est
arrivée avec une méchante sœur nommée
à juste titre la fée Roussette, car elle est
rouge comme une carotte, le conseil
des Fées m'a défendu de présider à des
naissances, sous peine de laisser à mon
ennemie la puissance la plus absolue
sur les enfans que je protégerais. J'ai
bien trouvé un moyen d'éluder cette défense du conseil des Fées, et je vous
l'indiquerai ; mais, si vous vous en écar-
tez un moment, vos enfans seront à jamais malheureux. Voyons, voulez-vous
à ce prix goûter le bonheur d'être mère ?
— Si je le veux, bonne Candide ! puisque vous m'assurez qu'en me laissant
guider par vos conseils... — C'est vrai,
vous n'aurez aucun événement à redouter. Mais.... — Je serai prudente, do-
cile, je vous le promets.

La fée céda aux instances de la reine, et bientôt il ne fut bruit dans tout l'empire que de l'heureuse grossesse de cette princesse. Elle mit, avec le même bonheur, au monde deux enfans beaux comme le jour, dont le garçon fut appelé Brion, et la petite fille Génie. Vous jugez, mes enfans, de l'allégresse du roi, qui se voyait revivre dans un successeur qu'il se proposait, par les bons principes et l'éducation, de rendre digne de lui. Tout allait bien; on n'entendait nullement parler de la fée Roussette. Brion et sa sœur grandissaient en talens, en grâces, en beauté; et la reine, étonnée du silence de l'ennemie de sa protectrice la fée Candide, en témoigna un jour sa surprise à cette dernière. — Vraiment, lui répondit Candide, je n'en suis pas surprise, moi. J'avais oublié de vous dire que Roussette n'aura d'empire sur mes protégés que lorsqu'ils auront atteint l'âge de dix ans accomplis. Je ne puis pas deviner ce qu'elle fera alors; car elle joue des tours si subtils! Elle ne man-

quera pas de se présenter ; mais je ne
pourrai m'opposer en rien à ses méchan-
cetés. De bons conseils que je vous donnerai , voilà tout ce que je pourrai faire
pour votre service. — Je les suivrai ,
comme je vous l'ai promis. — Vous ferez bien ; car sans cela , je ne répondrais
plus du mal , et ce qui est pis , je ne pour-
rais le réparer.

Comme on n'avait rien à redouter
avant que les enfans eussent atteint l'âge
fatal , on ne prit aucunes précautions , et
l'on ne s'occupa que de leur éducation ,
au milieu des fêtes , des plaisirs de tout
genre. Brion promettait d'être le plus
beau cavalier de tout l'univers ; adroit à
tous les exercices du corps , il montait
déjà à cheval, faisait des armes comme
un ange , et apprenait avec la même fa-
cilité toutes les sciences qui ornent l'esprit et la mémoire. La petite Génie était,
de son côté, bien digne de son nom.
Belle comme un astre , elle dansait, faisait de la musique , savait à merveilles
les langues , la géographie , tout !... Tout

entiers à l'amour que leur inspirait ces
chers enfans, leurs parens voyaient avec
effroi arriver le moment où ils auraient
à trembler pour leur bonheur, pour leurs
jours peut - être. Ils calculaient les années, les mois, les minutes; et, comme cela arrive souvent, quand ils furent
à l'instant fatal, ils l'oublièrent tout
net.

Un matin, on annonce au Roi qu'il
arrive au palais un riche ambassade de
la Reine de Congo. Le Roi, qui n'avait
reçu aucune nouvelle préliminaire de
cette ambassade, ordonne, malgré sa
surprise, qu'on la fasse entrer. Elle était
composée de huit personnes mises magni-
fiquement. A leur tête on voyait une petite femme toute ramassée et d'une couleur presque rouge ; mais elle était sur-
chargée de tant d'ajustemens de brocard,
sa tête était ombragée par tant de plumes
et de rubis, qu'à peine distinguait-on ses
traits. L'ambassadrice dit au Roi que sa
maîtresse, la reine de Congo, demande
son alliance. Elle étale des présens su-

perbes ; et , comme la Reine est sur le
trône aussi à côté de ses deux enfans ,
la perfide étrangère s'avance pour mettre
aux doigts de Brion et de sa sœur , deux
anneaux de diamans énormes , dont sa
Souveraine , dit-elle , l'a chargée de faire
cadeau à ces enfans.

La Reine , émerveillée de la beauté
des diamans , prend elle-même les mains
de Génie et de Brion pour que l'ambassadrice leur mette les bagues ; mais soudain un petit serin privé , chéri de la
Reine , qui était dans une cage , et qui
parlait comme une personne naturelle ,
se mit à dire : *Dix ans ! dix ans , aujourd'hui , c'est un bel âge*; et il rou-
coule sur le mot *âge* , comme cela a....
a...a....a....*âge*.

La Reine , qui ne pensait plus à cette
époque , se rappelle en effet que ses enfans ont dix ans , ce jour même : elle frémit, se méfie avec raison de l'étrangère ,
repousse ses présens , et rentre dans l'inté-
rieur du palais avec ses deux enfans. La fée
Roussette , car c'était elle , disimule son

dépit, n'en continue pas moins sa conversation avec le Roi qui n'a pas fait attention à l'avis du serin, et se retire, après avoir engagé le Prince à visiter, dans son écurie, un cheval superbe qu'elle vient d'y faire déposer, et qui fait une lieue par minute. Le Roi court à son écurie ; il y voit en effet une jument de la plus grande beauté !

Sur le soir, la fée Candide vient trouver la Reine et le Roi, qu'elle étonne beaucoup en leur apprenant qu'ils ont vu leur implacable ennemie: J'ai fait, dit-elle, parler le serin assez à tems pour avertir votre épouse ; mais vous, Sire, comment avez-vous pu recevoir tant de présens, de diamans, qui, à l'heure où je vous parle, ne sont plus que des morceaux de verre? Allons ensemble au garde-meuble de la couronne, où vous les avez fait déposer, et vous verrez !

Ils y vont, et voient en effet que ces cadeaux précieux s'étaient changés en objets les plus vils. Et la haquenée, s'écrie le Roi ! je vais.... — Gardez-vous de la retirer de l'endroit où elle est ? c'est le plus dangereux talisman ! il se changerait en tourbillon de feu qui consumerait votre empire. Défendez seulement que personne en approche , ou même s'avise de regarder cette prétendue haquenée ; car....

Elle fut interrompue par l'arrivée d'un palfrenier qui pleurait. Ce qui parut singulier , c'est que cet homme était vert comme pré , sa figure, ses mains et jusqu'à ses vêtemens , tout était vert. Que vois-je , dit le roi ! — Un malheureux , répond le palfrenier , qui est devenu comme cela en fixant votre haquenée. Elle est verte à présent comme une sauterelle , et verdit tous ceux qui l'approchent. — Grand Dieu ! qu'on la chasse, qu'on la retire de là , et qu'on l'écorche. — Et qui ? Pensez-vous , Sire , que tout le monde soit curieux de changer de couleur comme moi ! — Au moins , qu'on l'enferme , et qu'on la laisse mourir de faim. — Elle ne mourra point , répond la fée Candide. Seulement , si

Roussette obtenait ce qu'elle desire, la bête disparaîtrait. — Et que desire-t-elle? — Il m'est défendu de vous le dire. Vous savez qu'elle poursuit vos enfans, cette méchante Roussette; c'est à vous à m'entendre.

Le Roi et la Reine la comprirent, et défendirent, sous peine de la vie, à qui que ce fût, de laisser approcher Brion et Génie de la fatale écurie. Ils ignoraient le cadeau de la haquenée, il fut décidé qu'on ne leur en parlerait point pour éviter de piquer leur curiosité; mais tout se sait, à la cour plus qu'ailleurs. Il fut question tout bas de l'aventure du palfrenier vert. Brion et sa sœur apprirent qu'il existait une verte haquenée dans une écurie qu'on avait fermée à triple serrure et dont chacun tremblait d'approcher. D'abord ils eurent peur; ensuite ils se témoignèrent réciproquement le desir de voir une bête aussi extraordinaire; puis ils se proposèrent de faire seulement un petit trou à la porte de l'asyle qui la renfermait, afin de regarder au travers. Crois-tu , mon frère, dit Génie , qu'elle soit capable de nous nuire par un petit trou grand seulement comme la pointe d'une aiguille ? — Bah ? ce sont des contes faits pour effrayer les enfans. L'as-tu vu , toi, ce palfrenier vert ? — Oh, mon Dieu , non. — Ni moi non plus. On a dit cela exprès pour nous. Il faut montrer que nous ne croyons pas à ces sottises , que nous avons du courage. — Oui , faisons voir que nous avons du caractère, de la philosophie , que nous ne sommes plus des enfans. »

Voilà le frère et la sœur qui se munissent d'une vrille , d'une lanterne sourde , et qui se promettent bien d'aller, la nuit , quand tout le monde sera couché , visiter la porte de la fameuse écurie. Ils attendent que leurs gouverneurs , leurs gens soient bien endormis ; et descendant par un petit escalier dérobé , sur la pointe du pied , ils se trouvent dans une cour qu'ils traversent sans obstacle , pour arriver à la porte de la haquenée , qu'ils ont bien remarquée

dáns le jour. Cette porte , par une malice
de la fée Roussette , est ouverte toute
grande ; il y a même de la lumière dans
l'écurie. « Vois-tu , dit Brion ? quelqu'un est entré là-dedans. Il n'y a donc
pas de danger, puisqu'on y va, et que la
porte n'en est pas fermée. »

Ils balancent un moment néanmoins ;
mais bientôt , s'encourageant mutuellement , ils entrent , voient la haquenée
toute verte , comme on le leur a dit , et
s'amusent avec cette maligne bête qui
semble les caresser. Soudain , ils entendent les cris de quelqu'un qui les appelle : Brion ? Génie ?... C'est leur tendre
mère , qui, veillant sans cesse sur eux ,
ne les a plus trouvés dans leur apparté-
tement , et parcourt le palais , les cours ,
inquiète de ce qui peut leur être arrivé.
La Reine a un pressentiment qu'ils sont
allés du côté de l'écurie ; elle y porte ses
pas , et, au risque de devenir elle-même
la victime du talisman , elle va s'élancer
dans le fatal édifice ; mais Brion , Génie
en sortent bien sots d'être surpris ; et , à

la lueur des flambeaux qui éclairent la
Reine , cette mère infortunée voit ses
deux enfans verts comme la haquenée ,
et aussi affreux qu'ils étaient beaux....

Elle jette un cri.... A l'instant l'écurie s'écroule avec fracas , la haquenée
disparaît dans un tourbillon de fumée,
et l'on voit paraître la fée Roussette mon-
tée dans un vaste potiron traîné par des
grenouilles. La méchante rit aux éclats ,
et disparaît à son tour , en disant : Que
Candide pare ce coup; cela lui est impossible , et je suis vengée !....

Candide ne put en effet réparer ce malheur. Les enfans restèrent hideux , et
eurent le tems de se repentir de leur
imprudence ; car leur père et leur mère
étant morts de chagrin , le peuple ne
voulut pas d'un roi vert. Brion fut ren-
fermé pour sa vie dans une forteresse,
et Génie qui , vous le pensez bien , ne
trouva pas à se marier , demanda la permission de consoler son frère dans sa
prison. Ils y moururent de vieillesse,
maudissant l'excès de leur curiosité qui

leur avait fait perdre parens , trône , hon-
neurs , le bonheur en un mot ! »

« Je voudrais , ajouta Marion , qu'il
vous en fût arrivé autant , monsieur Charlet, quand vous étiez un petit curieux indiscret. — Bah , laisse donc , ma bonne ,
lui répondit Charlet , est-ce que tu crois
que ton conte m'effraie ? Je sais bien
qu'il n'est pas possible qu'un homme
devienne vert comme ta haquenée. —
Oui ; mais un homme comme vous peut
être mis en pénitence , et c'est ce qui
vous arrivera. »

Le frère et les cousins de Charlet ,
voyant que leur bonne prenait la chose
au sérieux , l'intercédèrent en faveur de
cet enfant , et n'eurent pas de peine à
calmer la colère de Marion Desvignes ,
qui était bonne et chérissait les fils de
son maître qu'elle avait tous vus naître.

XLVIe. JOURNÉE.

PERSONNAGES.

M. D'ARLEVILLE,

Henri, Théodore, Cyprien, Alexandre, Evariste.

Monsieur d'Arleville était revenu de son petit voyage à sa ferme du Luat; il avait acheté les terres voisines, et il y possédait maintenant trois charrues au lieu d'une qu'il avait précédemment. Mais il était agité d'une autre inquiétude : on allait juger à Paris le procès long, important dont dépendait une partie de sa fortune. Sa présence, et même celle de son épouse, étaient nécessaires dans la capitale pour solliciter les juges, voir le rapporteur, et assister enfin à l'issue de ce grand débat. Cela pouvait les tenir absens une huitaine de jours au plus ; mais il fallait y aller. Il laissa donc à son vieux père, à la sage Marion Desvignes, le soin de ses petits enfans, et il partit avec madame d'Arleville, emmenant avec eux Henri, Théodore, Clara, Elisa, Cyprien, Alexandre, Virginie, Evariste et Flavie. Nos dignes instituteurs voulaient profiter de leur séjour à Paris, pour faire voir à ces jeunes gens, qui commençaient à grandir, quelques curiosités de cette grande ville, de celles qui néanmoins peuvent, par leur nature et leurs détails, tourner à l'avantage de la morale. En conséquence, toute cette bonne famille alla descendre dans son pied-à-terre, rue et près de la barrière de Clichy : ils n'avaient tout uniment avec eux que le seul domestique Provençal, qui leur suffisait même pour la cuisine, par son zèle et ses diverses connaissances dans son état. Les voilà donc à Paris, où nous allons les suivre dans les visites les plus intéressantes qu'ils ont à y faire.

Après avoir donné à ses affaires quel-

ques premières courses indispensables,
M. d'Arleville prit un matin avec lui les
cinq garçons, Evariste, Henri, Théodore, Cyprien, Alexandre, et les conduisit à la belle institution des sourds-
muets de naissance, si bien dirigée par
l'abbé Sicard. Il voulait toucher les cœurs
de ces aimables enfans, en leur en faisant voir d'autres de leur âge, disgrâ-
ciés par la nature d'une manière si cruelle ! L'abbé Sicard, qui ne cherchait qu'à
seconder sur ce point les intentions des
pères de famille, reçut le nôtre à merveilles : il fit venir tous ses élèves devant
lui et ses enfans, qui n'avaient jamais
vu un pareil spectacle. Les jeunes sourds-
muets étaient de diverses tailles et de
différens âges. Cet intérêt pressant qui
attache toujours l'enfance à l'enfance,
laissait à peine aux fils de M. d'Arleville le tems de respirer. Ils regardaient
ces infortunés ; ils levaient les yeux au
ciel, soupiraient, faisaient des exclama-
tions, comme : Ah, mon Dieu que c'est
triste !... Pauvres jeunes gens ! etc. etc.,

et l'on voyait même des larmes rouler dans leurs yeux. Que la nature est marâtre, s'écriait Henri ! comment peut-elle priver des êtres destinés à devenir des hommes, de deux sens si utiles, l'ouie et la parole ! ces infortunés, que je les plains ! — Et moi donc, ajoutait Théodore ! la nature les a séparés du reste de la société, et leur a dit : Vous ne serez ni des hommes, ni des brutes. Vous tiendrez le milieu entre l'espèce sauvage et l'espèce civilisée. Conçoit-on une pareille injustice ! — C'est vrai, mon frère, interrompait Cyprien. Cependant on dit qu'on leur apprend ici à lire, à écrire ; s'ils savent lire, écrire, ils ne sont plus si malheureux. — Ils ne sont plus si malheureux, répondait Evariste ! Ah, que dis-tu là, mon cousin ? n'en seront-ils pas moins privés du charme de nos conversations à nous, et sur-tout de celui de la musique, si puissant sur nos âmes ! Une belle voix, un instrument sonore, un concert, un spectacle même, tout cela leur est étranger, et tu dis qu'ils ne sont pas si malheureux ! — Paix donc, disait à ton tour Alexandre, parlez donc plus bas, n'humiliez pas ces pauvres gens ! — Bah, répliquait Cyprien, est-ce qu'ils nous entendent donc ? ils n'entendraient pas un boulet de canon. — Cela est vrai, repartit monsieur d'Arleville ; mais, au mouvement de vos lèvres, à la contraction de votre bouche, au jeu de vos traits, ils peuvent deviner que vous parlez d'eux, que vous vous appitoyez sur leur compte, et la pitié est toujours un sentiment qui afflige l'infortuné. Voyez comme ils vous regardent, comme ils cherchent à démêler dans vos yeux ce que vous dites ? Ils ont l'air inquiet, soucieux, parce qu'ils vous voient attendris. — Bon, mon père, dit Cyprien, est-ce qu'ils peuvent se fâcher de ce qu'on s'intéresse à eux, de ce qu'on les plaint ? — Non ; mais cela leur rappelle leur triste sort, et cela double leurs regrets. — Ils pensent, voyez-vous, interrompit Henri ; mais leurs idées sont-elles bien nettes, aussi clairement en-

chaînées que les nôtres ? — Tout aussi
clairement, répondit M. d'Arleville. Ils
sont nés hommes, c'est-à-dire avec une
âme, un cœur, une intelligence semblable à celle des autres hommes ; ils se
rendent compte de tout ce qu'ils voient,
ils entendent avec les oreilles de l'esprit,
si je puis m'exprimer ainsi : dans le fonds
de leur cœur, ils ne prononcent pas plus
distinctement qu'ils ne peuvent le faire
extérieurement, puisqu'ils n'ont ni la
connaissance, ni l'habitude des sons et
de l'articulation ; mais leurs idées se
peignent chez eux sous d'autres formes,
et elles n'en sont pas moins conformes
aux nôtres. Le mot qu'ils lisent, celui
qu'ils écrivent ne sont pour eux que des
signes de dessin, que des masses de traits
auxquels ils sont accoutumés. Ils font sur
eux l'effet que produirait sur nous une
gravure allégorique avant la lettre, sur
laquelle nous distinguons facilement des
hommes, des vêtemens, des arbres, un
fleuve. C'est ainsi, et par le rapprochement qu'on leur a fait des mots écrits

avec les objets physiques, qu'ils comprennent, saisissent ou tracent sur le papier, les mêmes signes qui ont rapport aux choses qu'on leur a désignées. Voilà, par exemple, mes enfans, le sourd-muet Massieu, l'éloquent élève de M. Sicard; regardez-le écrire avec de la craie sur cette planche noire? Lisez-vous bien d'ici les mots qu'il vient d'y tracer? *L'homme est une fleur qui croît, s'épanouit et meurt en un printems!* L'homme, il sait qu'il est un homme, que chacun de nous est un homme; on lui a fait sentir que le mot *homme* le désignait ainsi que nous. Il écrit donc l'*homme*. Quant à la fleur, on la lui a montrée aussi, n'est-ce pas? *Croître, s'épanouir, mourir* ou *naître*, tout cela, n'est-il pas vrai? est aussi facile à désigner, et vous voyez le sourd-muet qui écrit sa pensée, pensée aussi forte, aussi bien exprimée que le pourrait faire l'homme le plus spirituel... Donc vous conviendrez....

M. d'Arleville fut interrompu ici par le

savant professeur qui fit, sur l'art d'ins-
truire les sourds-muets, une dissertation
si profonde et si claire en même-tems,
qu'elle acheva l'explication que notre
père de famille commençait à donner à
ses enfans. Massieu fit des prodiges de
raisonnement, d'esprit et de conception.
Ce sourd-muet était né avec un foyer de
génie qui ne cherchait qu'à s'échapper.
Il ne pouvait ni parler, ni entendre ;
mais ses yeux faisaient l'office des deux
sens qui lui manquaient. On voyait que
son regard parlait, écoutait, répondait,
et les gestes expressifs de ce jeune homme
ajoutaient à l'énergie de ses traits.

Quel tableau pour nos jeunes d'Arleville ! Ils n'avaient jamais vu d'infortunés de cette espèce ; ils ne s'en faisaient
pas même une idée ; et, ce qui les
étonnait le plus, c'est que ces pauvres
enfans semblaient causer très-rapide-
ment ensemble, s'entendre et se répondre ! Admirez, leur dit leur père, admirez tout le talent, toute l'humanité de
leur digne instituteur. Sans lui, ces in-

V I.   2

fortunés seraient aussi absolument isolés entr'eux, qu'ils le sont pour nous. L'abbé Sicard leur a rendu une faculté que la nature leur avait refusée ; il leur a donné une nouvelle vie, en leur apprenant à se communiquer, à jouir en outre par la lecture et l'écriture de nos chefs-d'œuvre de poésie, à se pénétrer de l'histoire de tous les peuples, à connaître leurs devoirs, leurs passions, leurs gouvernemens, etc. — Vous avez raison, mon père, dit Henri ; mais avec tant de jouissances, je serais bien malheureux, moi, si le Ciel m'avait fait naître comme ces jeunes gens ! — Et leurs pères, leurs mères, interrompit Cyprien, comme ils doivent souffrir ! Quelle doit être leur douleur d'avoir donné le jour à des êtres manqués comme cela par la nature ! — Tu me pénètres bien, Cyprien, répondit M. d'Arleville en mettant la main sur son cœur. En effet, si j'avais eu le malheur d'obtenir de l'hymen des enfans pareils à ceux-ci ! ah ! je ne m'en consolerais jamais !

L'abbé Sicard, qui venait de terminer sa séance, s'approcha de nos amis. Vous êtes touchés, je le vois, Messieurs, leur dit-il, du tableau douloureux que vous avez sous les yeux !... — Oui, Monsieur, répondit Henri, et ces jeunes gens doivent bien vous chérir ! — J'ai, sur les auteurs de leurs jours, un véritable avantage ; c'est qu'ils ne peuvent exprimer leurs sentimens divers à leurs pères et mères, et qu'avec moi ils communiquent comme je le fais en ce moment avec vous. — Ont-ils tous leurs pères et mères ? — Pour la plupart. Cependant en voici un !... Son histoire est bien curieuse ! Si vous vouliez l'entendre, nous passerions dans mon cabinet. — Vous nous ferez un véritable plaisir, répondit M. d'Arleville.

L'abbé Sicard fit signe qu'on lui amenât André, c'était le nom de ce petit sourd-muet, qui pouvait avoir dix ans au plus, et qui portait la plus jolie figure, l'air le plus intéressant ! André vint se jeter dans les bras de son instituteur,

2.

de son second, de son véritable père :
et M. Sicard, l'ayant pris par la main,
le conduisit, avec nos amis, chez lui,
où il fit asseoir tout le monde et prit
la parole en ces termes.

ANDRÉ,

OU LE PETIT SOURD-MUET.

« Vous voyez cet enfant si joli, si
bien fait ; vous remarquez comme il a
l'air doux, timide ; eh bien, Messieurs,
vous ne vous douteriez jamais de la force
de son caractère, et sur-tout de sa rare
intelligence ! A-présent qu'il sait lire
et écrire, il aurait bien moins de peine
à se tirer de l'embarras cruel où le
sort l'avait plongé ; mais enfin il lui a
fallu des moyens surnaturels pour en
venir à bout, et vous allez en juger. Son
histoire est fort courte, Messieurs ; deux
mots suffiront pour vous la dire, et cela
ne vous retiendra pas long-tems ».

M. d'Arleville témoigna à M. Sicard

qu'il avait tout le tems de l'entendre,
et le sage instituteur continua :

« André est le fils d'un artisan de la
ville de Marseille. Sa pauvre mère mourut de la douleur d'avoir un fils aussi
disgracié de la nature. Son père survécut
à cette femme trop sensible ; mais, ses
travaux n'allant plus, et gagnant trop
peu de chose pour faire donner à André
le genre d'éducation qui convenait à son
état, il succomba à son tour au chagrin, et mourut laissant orphelin son
enfant, âgé de neuf ans, sans aucun
moyen d'existence et dans le faubourg
d'une ville où personne ne se disposait
à lui offrir le plus léger secours. André,
ne pouvant plus souffrir des lieux qui
lui retraçaient trop les auteurs de ses
jours, les pertes cruelles qu'il avait
faites, André fit un léger paquet de ses
petits effets, et partit dans le dessein
de venir à Paris et de se présenter à
mon institution, dont son père lui avait
donné par signes des notions ; mais en
route, le peu d'argent qu'il avait em-

porté lui manqua ; alors ne sachant plus comment faire pour obtenir un gîte et des alimens de la pitié des hommes , il se mit à pleurer amèrement et s'assit dans un fossé sur le bord d'une route , avec le projet sinistre de s'y laisser mourir de faim. Ce projet vous fait frémir , Messieurs ; je vois que vous plaignez ce pauvre enfant , qui , ne pouvant communiquer avec personne , n'étant d'aucune espèce d'utilité dans la société , n'avait en effet d'autre recours que la mort !..

Il était livré au plus sombre désespoir et pleurait amèrement , lorsqu'un particulier à cheval , passant sur la route , remarqua sa douleur , descendit et s'assit près de lui , dans le dessein de le questionner. L'étranger n'eut pas de peine à voir que l'enfant était sourd et muet ; André le lui fit connaître par signes , et lui fit en même-tems concevoir du mieux qu'il put qu'il était sans pain , sans asyle , et qu'il voulait mourir là. L'étranger l'examina , réfléchit un moment ; puis , l'embrassant , le serrant dans ses bras , il chercha à lui faire entendre qu'il voulait devenir son père, et le retirer du malheur où il était plongé. André , bon , confiant , reconnaissant, saute à son col, dans ses bras , lui témoigne sa joie , lui fait comprendre qu'on pourra l'employer à tout ce qu'on voudra. C'est bien ce que demande le perfide étranger. Bromont , c'était le nom de ce misérable , exerçait l'affreux métier de filou , et il espérait habituer l'enfant à voler aussi , avec d'autant moins de crainte , qu'André , ne sachant point écrire , ne pouvant ni parler , ni entendre , ne le compromettrait jamais , exciterait d'ailleurs beaucoup plus l'intérêt que le soupçon. Il emmena donc André avec lui , l'habilla de neuf et lui prodigua tous les secours dont il avait besoin. Quand il vit l'enfant bien gai , bien portant , bien reconnaissant, Bromont voulut essayer de lui donner une leçon. Seul avec lui , dans la chambre d'une auberge , il commença par

mettre la main dans la poche d'André ;
puis, en retirant son mouchoir, il lui
prit le bras, en l'engageant à lui en
faire autant. André, par un instinct naturel de probité, frémit et refusa. Bromont le menaça de le déshabiller, de
lui retirer tout ce qu'il lui avait donné,
et de le chasser. André pleura, et Bromont voyant entrer un garçon de l'auberge, eut l'adresse de lui escamoter sa
montre aux yeux étonnés d'André qui,
par timidité, n'osa point faire remarquer
ce vol à l'infortuné qui en était la victime. Bromont, seul encore avec l'enfant,
lui fit comprendre qu'un marchand lui
donnerait de l'or pour cet objet volé ;
et, prenant un couteau, il le menaça de
le tuer, si, par ses gestes ou autrement,
il le découvrait jamais, au moment où
il *travaillerait*, suivant l'expression de
ces messieurs.

L'enfant n'avait nulle instruction,
nulle connaissance de nos lois, de nos
mœurs, des conventions sociales ; mais
il est dans le cœur de l'homme, de celui

même dont les sens n'ont aucune espèce de développement, une voix qui l'avertit de ce qui est bien ou mal ; et cette voix vient peut-être de la honte de faire à un autre ce qu'on ne voudrait pas qu'il nous fît.

André comprit le genre d'industrie de son maître, et il en frémit d'horreur, se proposant bien de le quitter à la première occasion ; mais, si jeune et si timide, il n'était pas étonnant qu'il craignît d'être tué par ce méchant ; et, lui faisant entendre par ses gestes qu'il ne tremperait jamais dans ses crimes, il lui promit en même tems de ne pas les dévoiler.

Ce jour-là Bromont vola dans l'auberge des couverts d'argent, et il emmena André chez un marchand de la ville voisine qui acheta ces couverts, et donna une forte somme au voleur. Bromont la montra à l'enfant, en riant aux éclats pour lui faire sentir les avantages qu'on retirait du vol. André frémit de nouveau, et se promit de quitter ce scélérat, pen-

dant son sommeil, et dès la nuit suivante ; mais il était écrit que le monstre
le plongerait dans un malheur inévitable,
que tout autre enfant qu'un sourd-
muet aurait pu prévoir.

Dans la même journée, André che-
minait avec Bromont dans une épaisse
forêt. Ils avaient déjà marché plus d'une
heure, sans rencontrer qui que ce fût,
lorsqu'un vieillard, un homme de campagne, monté sur un méchant âne,
passa près d'eux. Bromont eut l'audace
d'attaquer cet homme, et de lui demander la bourse ou la vie. André crut
d'abord que son maître et le vieillard
se connaissaient ; il les regardait tran-
quillement ; mais que devint-il, lorsqu'il
vit Bromont précipiter de sa monture
le malheureux paysan, le fouler aux
pieds, et tirer un poignard, dont il le
frappa à plusieurs reprises ? André voulut en vain s'opposer à ce crime. Bromont tourna le poignard vers lui, et
l'effroi fit tomber l'enfant sans connaissance à côté du blessé.

Il reprit ses sens, rouvrit les yeux ; et bien étonné de ne plus voir auprès de lui le scélérat de Bromont, il examina le paysan qui venait de mourir de ses blessures, et chercha à lui prodiguer des soins. Le pauvre André avait retiré du corps du voyageur le poignard qu'il tenait à sa main ; il le pressait, cherchait à le soulever. Soudain, il voit arriver une troupe d'hommes armés : Bromont, qui le croirait ? Bromont est à leur tête, et sa vue fait pâlir d'horreur l'enfant qui va de nouveau perdre connaissance. Pour l'intelligence de ceci, je dois vous dire, Messieurs, que Bromont, au moment où il assassinait le voyageur, entendit le galop de plusieurs chevaux et vit même de loin des cavaliers de maréchaussée qui s'avançaient vers la route où il consommait son crime. La crainte d'être pris en flagrant délit saisit ce misérable : il court pâle, défiguré ; mais bientôt, se voyant presque entouré par les cavaliers, il leur crie : Messieurs, Messieurs, secourez-moi. Je viens de voir une chose affreuse ! Un petit brigand vient d'assassiner un malheureux vieillard, là, sur la route, à deux pas de nous ! Je passais, au moment où l'infortuné rendait le dernier soupir. L'assassin n'a pas voulu me répondre, et j'allais le saisir, lorsque je vous ai apperçus. Venez, oh, venez, qu'il ne vous échappe pas.

L'odieux Bromont avait ainsi chargé l'enfant de son crime, et il précédait les cavaliers, qui n'eurent pas de peine à arrêter notre André, plus étonné qu'effrayé, comme vous le pensez bien. Il tenait encore le poignard ; ses habits étaient teints de sang, et ses poches étaient pleines de l'or et des papiers du paysan, que Bromont avait eu soin d'y placer, au moment où il avait entendu les cavaliers. Ceux-ci s'emparèrent de l'enfant ; mais s'appercevant qu'il était sourd et muet, le brigadier, homme prudent, qui d'ailleurs avait remarqué le trouble de Bromont, eut l'attention d'arrêter aussi ce dernier, en lui faisant entendre que ce n'était que pour qu'il donnât des renseignemens à la justice, que, le soir même, il aurait sa liberté. Bromont ne fut point dupe de ce prétexte ; mais rassuré par l'infirmité du pauvre enfant qu'il avait accusé, sûr qu'André ne pourrait le compromettre de vive voix, ni par écrit, il affecta une sérénité qui n'était point dans le fond de son cœur.

Bientôt notre André, qui ne peut répondre à ses juges que par des signes inintelligibles, est plongé dans un cachot affreux. Trop bon pour concevoir l'atrocité de l'accusation dirigée contre lui par Bromont lui-même, il pense seulement qu'on le croit complice de ce scélérat ; et il sent toute l'étendue du danger qu'il court. Mais comment se justifiera-t-il ? c'est alors que l'infortuné gémit de l'infirmité qui l'empêche de faire éclater son innocence ; il ne peut que penser, et comme elles sont profondes ses tristes pensées !...

V I.   3

Cependant Bromont, mis en prison aussi de son côté, a été interrogé : il s'est coupé dans ses réponses ; il n'a pas pu, ou plutôt voulu, nommer les auberges où il s'est arrêté ; mais il a été reconnu par un aubergiste qu'il a volé. Plusieurs témoins déposent contre lui. Le voilà convaincu d'être un scélérat, et dès-lors violemment soupçonné d'être l'assassin du paysan, et d'avoir mis son crime sur le compte d'un pauvre enfant sourd-muet, qu'il ne connaissait peut-être pas. On rapproche les circonstances, on examine, on pèse les incidens. On sent qu'il était impossible qu'un enfant de neuf ans au plus pût jeter un homme du haut en bas de sa monture, l'assassiner, etc. Le juge fait venir André, le traite avec douceur, le met à son aise ; et l'enfant, encouragé par la bonté de cet honnête homme, se jette à ses pieds, en versant un torrent de larmes, montre le ciel pour le prendre à témoin de son innocence, désigne Bromont comme le coupable, fait signe qu'il a déjà vu cet homme prendre des montres , divers effets ; en un mot sa muette éloquence est si persuasive que le juge reste convaincu que l'enfant n'a point commis le crime dont on l'accuse ; mais il n'en est pas moins prouvé qu'André connaissait Bromont , qu'il a voyagé avec lui , qu'il l'a vu voler sans avertir personne . qu'enfin il pourrait bien être un apprentif filou. Il va le faire reconduire en prison... Soudain il vient une idée lumineuse à l'enfant. Ses yeux brillent d'un feu extraordinaire... Il prend le juge par la main , et lui fait signe de sortir dans la rue. Le juge a cette complaisance ; car André l'intéresse à un point qu'il ne demande qu'à trouver les moyens de le voir se justifier. André entre chez un pharmacien , demande quelque chose qui fasse bien dormir ; on lui donne un narcotique ; il rentre chez le juge , prend une bouteille pour faire entendre qu'on lui donne du vin ; il mêle ce narcotique dans ce vin , et fait signe qu'on fasse boire cela à Bromont. Ce qu'il demande est exécuté. Sur le soir, le juge qui ne comprend pas encore l'idée de l'enfant, le mène dans la prison de Bromont ; mais auparavant l'enfant s'est affublé d'une grande robe blanche, il a caché sa figure d'un linge blanc aussi, et, dans ce costume de revenant, il se tient caché derrière le juge qui cherche à réveiller Bromont. Bromont a bu la liqueur somnifère ; elle lui a fait perdre la raison, toutes ses facultés ; il s'éveille, mais troublé, la tête perdue, incapable de raisonner. Tout à-coup l'enfant, armé du poignard ensanglanté qui a servi à Bromont, se jette sur ce misérable, le serre comme pour l'étouffer, et, le monstre saisi de terreur, s'écrie : Quel est ce fantôme ! Serait - ce celui de ce malheureux enfant ! L'aurait-on sacrifié ! Hélas, tu es innocent, je le sais ; c'est moi qui suis coupable ! Tu n'as trempé dans aucun de mes crimes ; ton âme était trop pure ! Qu'on l'ôte, qu'on l'ôte, il m'étouffe, il m'entraîne au fond des enfers !...

Le juge, charmé d'obtenir un pareil aveu, fait soudain entrer des soldats, qui saisissent Bromont, qui le garottent ; et, par la menace des plus rudes châtimens, on obtient de lui tous les détails de son crime, ainsi que ceux qui concernent André. Bromont, trop avancé pour reculer, avoue qu'il a rencontré ce pauvre enfant mourant de faim, qu'il a voulu l'habituer au crime, qu'André s'y est toujours refusé, etc., etc.

Le juge, enchanté, admirant le courage, la sagacité d'un sourd-muet, qui avait pu imaginer une semblable ruse, fit reconduire notre André dans sa propre maison, brisa ses chaînes, le traita comme son fils, et l'accompagna lui-même à Paris, jusques chez moi, où il le plaça, en me recommandant bien de prodiguer les plus tendres soins à cet enfant, aussi intéressant qu'infortuné... Le voilà, Messieurs, il lit maintenant, il écrit comme vous, et il a même rédigé le récit de son aventure en un petit corps d'histoire qu'il va vous communiquer, si vous le lui permettez ».

M. d'Arleville lut cet écrit qui brillait par l'esprit, la naïveté et les sentimens de la plus exacte probité. L'enfant fut caressé à la ronde par ceux de notre bon père de famille, et notre petite société quitta M. l'abbé Sicard, aussi pénétrée d'estime pour ses talens que d'intérêt pour ses élèves si touchans.

Sophie Derval.

Partie de Spectacle.

XLVIIe. JOURNÉE.

PERSONNAGES.

MADAME D'ARLEVILLE,

Clara, Elisa, Virginie et Flavie.

TANDIS que M. d'Arleville donnait
à ses fils le spectacle attendrissant de
jeunes garçons de leur âge, maltraités
par la nature, et devant à l'art, aux
bontés d'un homme des plus utiles à la
société, quelques jouissances, bien légères en comparaison de celles dont le
sort injuste les avait privés, madame
d'Arleville conduisait ses filles dans un
attelier de filature, où elles avaient sous
les yeux, et dans des jeunes personnes
de leur âge aussi, le tableau de l'activité, du travail et de l'émulation. Voyez-
vous, mesdemoiselles, leur disait cette
tendre mère, voyez-vous toutes ces jeu-

nes filles? elles appartiennent à de pauvres parens, qui n'ont le moyen ni de
les élever, ni de leur apprendre un état.
Un sage gouvernement vient au secours
de ces êtres infortunés ; il leur offre un
attelier de travail, où une modique ré-
tribution qu'elles reçoivent par jour, et
suivant leur degré d'habileté, les met à
même de soulager les auteurs de leur
existence, et, par la suite, de se suffire à
elles-mêmes. Je vois que ce genre d'oc-
cupation fait tourner la tête à Virginie,
ne serait pas du tout de son goût. Ren-
dez-donc, mes filles, mille actions de
grâces à l'Être-Suprême qui vous a fait
naître de parens assez fortunés pour vous
donner de l'éducation, des talens, toutes
les aisances de la vie, sans que vous
soyez forcées de recourir, pour exister,
à des travaux aussi pénibles, aussi peu
lucratifs,.... Mais si le sort vous avait
placées dans la classe de ces pauvres
ouvrières, convenez que vous béniriez la
main paternelle d'un gouvernement qui
vous aurait ainsi procuré les moyens de

vivre en travaillant. Vous avez l'air, vous sur-tout Virginie, de dpnter que vous fussiez capables de vous livrer à ces travaux. Je conçois que, si par un revers de fortune, inattendu mais possible, vous tombiez demain dans l'indigence, et qu'il vous fallût recourir à cette ressource, je conçois, dis-je, que vous en éprouveriez une sorte d'éloignement, de dégoût même, et un violent chagrin. C'est le propre de tous ceux qui ont été bien ; mais ces pauvres filles élevées dans l'indigence et pour le travail, ne sentent pas, heureusement pour elles, cette contrainte qui, pour vous, serait un véritable avilissement. Vous les voyez gaies, contentes, plusieurs chantent même ; c'est qu'elles se font à cette condition à laquelle elles étaient appelées, au-dessus de laquelle elles ne pouvaient s'élever. Ne les méprisez donc point, mes filles, et trouvez-les très-heureuses au contraire d'avoir su se faire une vertu de leur état.

Virginie et ses sœurs assurèrent madame d'Arleville qu'aucune d'elles ne méprisait des gens obligés de travailler pour exister, et madame d'Arleville sortit de ce lieu après avoir appliqué l'exemple de ces actives ouvrières à des leçons d'une saine morale.

En traversant les Tuileries pour se rendre au faubourg St.-Germain, notre mère de famille rencontra une dame de haute condition, autrefois son amie de couvent, et qui sauta à son col aussitôt qu'elle l'apperçut. « Quoi, c'est vous, madame de Birange, s'écria madame d'Arleville enchantée de cette rencontre ? — Et vraiment oui, ma bonne amie, c'est moi, moi qui suis veuve malheureusement depuis deux ans, et qui n'ai pas le bonheur d'être mère!.... Vous l'êtes, vous, je vois-là de charmantes demoiselles ?.... — Ce sont mes filles ; mon mari est sorti de son côté avec mes fils. — Des fils, des filles ! que ce nom est doux à prononcer, et que j'envie votre félicité ! mais n'ayant pas le bonheur d'en pouvoir dire autant,

je trompe la nature en adoptant quelquefois ceux des autres , en soulageant du
moins celles pour qui la maternité est
un fardeau , quand elle eût comblé tous
mes vœux. — Comment ? — Vous avez
dû entendre parler d'une société des plus
utiles, qui vient de se former depuis quelque tems , sous le nom *des Dames de la
Charité maternelle* ? — Oui , il me semble que j'ai ouï parler de cette institution. — Elle est bien belle , ma tendre amie ! des dames seules la compo-
sent , et j'ai le bonheur de la présider.
— Je reconnais bien là votre cœur , qui
jamais ne vous a prescrit que des occu-
pations salutaires à l'humanité. Le but
de cette société , s'il vous plaît ? — De
secourir les mères que la fortune prive des
moyens de donner commodément le jour à
leurs enfans, de les nourrir, de les élever.

Ah , que c'est beau cela , interrompit
Elisa ! »

Madame de Birange continue : « Nous
allons chercher l'infortune jusque dans
les greniers ; nous l'aidons des collectes

que nous faisons à cet effet ; et très-souvent de notre bourse , car la masse des malheureux est plus nombreuse que celle des cœurs généreux et bienfaisans. En un mot , nous donnons aux faibles créatures qui deviennent mères , argent, médecine, bouillon , vin , tout ce qu'il leur faut.... Eh tenez , je vais de ce pas à notre assemblée qui se tient très-près d'ici ; voulez-vous y entrer un moment avec moi ; ce sera, pour ces jeunes demoiselles , une leçon bien touchante de bienfaisance , et d'une bienfaisance dirigée avec sagesse et prudence; car le vice ne trouve aucun secours chez nous , et vous devez m'entendre.... Il faut avoir éprouvé de véritables malheurs, sans les avoir mérités ; mérités le moins possible, pour fixer notre attention ; j'ai mis cette restriction ; car vous savez que l'humanité est faible, et que trop exiger serait s'imposer la loi de ne secourir que très - peu de personnes ! Venez , ma bonne amie , cela ne vous occupera que le tems que vous aurez à perdre. — A gagner, ma bonne amie, à bien, très-bien employer. »

Madame d'Arleville et ses filles suivirent madame de Birange qui les fit entrer dans une salle où plusieurs dames étaient déjà rassemblées. Je vous présente, Mesdames, dit tout haut madame de Birange, une excellente mère de famille, qui desire faire connaître notre institution à ses intéressantes demoiselles.

On se leva, on salua, on fit placer nos amies, et madame de Birange, qui présidait la séance, se mit à son fauteuil. On commença par des comptes qui pénétrèrent jusqu'aux larmes les filles de madame d'Arleville. C'était douze francs qu'on envoyait à la pauvre fruitière, dont le mari, charpentier, s'était blessé en tombant d'un échafaud. Dix écus à la veuve d'un couvreur qui s'était tué sur la place en tombant du haut d'un toit. Trente-six francs à une pauvre cordonnière, mère déjà de neuf enfans, et qui venait de donner le jour au dixiè-

me.... C'était ensuite une distribution
de bouillon , de sucre , de vin chaud que
plusieurs femmes domestiques , atta-
chées à l'établissement , étaient chargées
de porter dans différens quartiers de
Paris. D'autres pauvres femmes, qui re-
levaient de couches et sortaient pour la
première fois , entrèrent ensuite , les
unes pour recevoir de légères aumônes ,
les autres pour bénir leurs bienfaitrices
et les remercier des soins qu'elles leur
avaient prodigués pendant leur état de
maternité.

Enfin, de-là résultait un tableau touchant de la charité bien adressée , du
malheur adouci, du chagrin consolé et
de la reconnaissance bien méritée.

A la fin de la séance , madame de
Birange prit la parole : « A - t - on ,
dit - elle, passé chez la pauvre Sophie
Derval ? — Non, je ne le crois pas ,
répondit la dame qui faisait les fonctions
de secrétaire. — Eh bien, j'y vais monter moi-même en m'en allant. Je ne serai
pas fâchée que mon amie d'Arleville voie

ette infortunée , apprenne ses malheurs,
sache , par cet exemple , comment
ous savons placer nos bienfaits.

La présidente se leva , salua la société,
sortit avec madame d'Arleville et ses
lles ; puis , dirigeant sa route vers le
gement de l'infortunée qu'on allait vi-
ter , madame de Birange fit en che-
in , à nos amies , le récit suivant :

SOPHIE DERVAL,

OU UNE FATALITÉ.

« Avant de vous la faire voir , mon
mie, cette infortunée , je dois vous met-
e au courant de ses aventures , afin
ue l'intérêt qu'elle vous inspirera agisse
lus puissamment encore sur votre âme
ensible. »

Sophie est la fille d'un nommé Dupré,
ui fut simple commis dans un bureau ,
omme sans mœurs comme sans prin-
ipes et sans caractère. Sophie , ayant
erdu sa mère dans son bas âge , fut

élevée par ce père qui se mêla fort peu
de son éducation , et offrit même à ses
regards les plus dangereux exemples ;
mais l'être qui naît avec des dispositions à la vertu , a bien de la peine à se
laisser corrompre par les vices du siècle ,
et Sophie en est un exemple. Heureusement qu'à la solidité de son jugement,
à la pureté de son cœur , à la sûreté de
ses principes , se joignaient encore les leçons d'une sage institutrice. Son père
Dupré avait une bonne gouvernante ,
nommée Marie , qui avait nourri sa
femme , et qu'il gardait , lui , plus par
habitude que par une véritable estime ;
car elle avait pris heureusement sur son
maître , un empire assez puissant ; et ,
sentant qu'elle ne pouvait le corriger
elle s'était appliquée à guider vers le bien
l'esprit et le cœur de la fille d'une femme
qu'elle avait allaitée. Marie donc, quoique
bornée suivant sa condition, ne possédant
aucun talent , avait des mœurs , de la
droiture , de la sagesse , et élevait Sophie dans les principes de la plus saine

morale. Elle n'eut pas de peine à faire un ange de cet enfant qui joignait toutes les qualités du cœur aux charmes de la figure. Dupré, qui ne s'occupait pas plus de sa fille que de sa maison, allait, venait, sortait, passait des journées, même des nuits entières dehors, et Marie restait ainsi seule avec Sophie qu'elle instruisait suivant ses facultés. Le plus grand plaisir de ces deux êtres, isolés, et qui s'entendaient si bien, était la lecture. Sophie lisait tout haut à sa bonne amie, des contes, des histoires morales, des vers, et Sophie prenait ainsi le goût de la poésie, ou au moins de la littérature.

Sophie avait seize ans lorsque le sort cruel lui enleva sa bonne Marie. Elle la pleura comme une tendre mère, et sentit tout ce qu'elle allait avoir à souffrir avec un père insouciant, égoïste, dont elle ne connaissait que trop la conduite. Sans la blâmer, il lui était bien permis sans doute de l'apprécier à sa seule valeur, cette conduite scandaleuse

qui , mille fois , avait fait le sujet de ses
entretiens avec Marie! En effet , Dupré,
voyant sa fille grande , jolie , remplie
d'esprit, se fit un plaisir de sortir avec
elle , de la conduire chez ses connaissances ; mais quelles connaissances ,
grand Dieu !... O vous , mesdemoiselles
d'Arleville , qui avez le bonheur de posséder des parens vertueux , vous allez
sentir plus que jamais , par l'exemple
de la pauvre Sophie , combien vous devez les apprécier ces parens respectables ,
et remercier le Ciel de vous avoir fait
tenir d'eux la naissance et des modèles
de vertus !

Dupré avait une maîtresse.... Pardon
si je suis obligée d'entrer devant ces
demoiselles , dans ces détails ; mais je
les esquisserai rapidement. Dupré donc
avait une maîtresse ; mais une fille sans
mœurs, obligée, vu qu'il n'était pas riche , de faire l'état de couturière , et qui
avait toute la mauvaise éducation atta-
chée à ce genre de condition. C'était là
que Dupré passait toutes ses soirées , et

exigea que Sophie l'y accompagnât.
uoique sage et novice sur bien des
ints, Sophie ne pouvait pas ignorer
nature de la liaison de cette fille avec
n père, et il répugnait à sa délicatesse
fréquenter cette femme. Il lui fallut
éir néanmoins; mais comme elle souf-
it dans cet asyle de la trivialité et de
corruption ! Ce qui l'affligeait le plus,
tait les assiduités du frère de cette
alheureuse. Cet homme, bien nommé
llax, puisqu'on m'a dit que ce nom
nifiait trompeur, cet homme bas, vil,
ject sous tous les rapports, était deve-
passionnément amoureux de Sophie,
Dupré, qui connaissait cette passion,
voyait pas le moindre inconvénient
nir sa fille au frère de sa maîtresse.
Il était bien éloigné de plaire à So-
ïe, cet odieux Fallax ! et, s'il faut
ut dire, Sophie avait jeté les yeux sur
objet plus digne de son cœur et de son
time. Une petite chambre, qui était
tée long-tems vide dans la maison où
e logeait avec son père, venait d'être

occupée par un jeune homme on ne peu
pas plus aimable , nommé Prosper Der
val. Prosper était orphelin , sans nom
sans fortune ; mais il savait suffire à tou
ses besoins , et d'une manière même très
distinguée. Prosper , que son goût avai
entraîné de bonne heure vers la littéra
ture , s'était livré à ce genre de travai
où il s'était fait déjà connaître avanta
geusement. Prosper était homme de let
tres , il faisait des ouvrages amusans,
instructifs ou moraux , dont il vendai
très-bien les manuscrits. De plus , i
avait des libraires qui le payaient à tan
la feuille pour traduire des romans an
glais, allemands, italiens (car il sava
toutes ces langues), et Prosper viva
ainsi honorablement du fruit de sa plum
et de ses veilles.

Voilà déjà un rapprochement entre lu
et Sophie, qui était folle de la lecture
et qui connaissait les ouvrages de Pros
per avant qu'il devînt son voisin. Il
avait encore une autre sympathie qui d
vait réunir ces jeunes gens. Prosper, ou

e les avantages d'un physique très-in-
ressant, possédait un cœur bien au-
ssus de son esprit. Il était bon,
msible, généreux, doux comme une
une fille, et timide même au point
h'il avait très-peu de caractère, et c'é-
it son côté le plus faible. Il redoutait
s embarras, les affaires, les tracasse-
es, et n'eût pas eu la force de soutenir
n procès. Hélas! devait-il s'attendre à
lui!... mais allons par ordre.

Vous concevez que l'énorme différence
ui existait entre Prosper et Fallax,
'avait pu échapper à Sophie, et qu'elle
evait aimer celui qui lui offrait le plus
e rapports avec ses sentimens. Sophie et
rosper se lièrent donc de l'amour le
lus tendre, tandis que mademoiselle
Dupré conçut pour Fallax une aversion
nsurmontable. Elle refusa d'accompa-
ner son père chez ses odieux amis; et
Dupré, qui n'aimait pas les contrariétés,
e contenta de la traiter de pédante et
ui laissa sa liberté; mais bientôt il osa
ui proposer la main de Fallax! Elle eut

le courage de la refuser ; Dupré s'em
porta , voulut que son protégé fût che
lui à toutes les heures du jour , et Falla
abusa de la permission au point d'entre
chez Dupré à dix heures du soir , et d
n'en sortir qu'à minuit. Dupré dès-lo
devint plus casanier : il est vrai que s
maîtresse y vint passer les soirées ave
lui ; et Sophie, contrariée déjà de n
pouvoir éviter la société de cette créa
ture , le fut plus encore de ne plus avo
le tems de s'entretenir avec son che
Prosper ! Quelle situation ! la vertu a
milieu du vice, et obligée d'y rester
car que pouvait faire une jeune person
ne ? Fuir la maison de son père ? cel
n'eût pas été décent ! il fallait don
qu'elle y restât et qu'elle souffrît.

En vérité j'ai pensé quelquefois qu'on
devrait bien ériger un tribunal de famille , un tribunal suprême, qui portâ
le regard le plus sévère dans l'intérieu
des maisons, et retirât aux pères, aux mères méprisables, des enfans que souven
ils élèvent pour le mal , et poussent eux-

mêmes dans le sentier de la dépravation.
Le mendiant destine ses enfans à mendier comme lui. La femme galante fait
pis. Est-ce que ce ne serait pas un véritable service à rendre aux loix, aux
mœurs publiques, que de borner dans
ce cas la puissance paternelle, et de
soustraire à des misérables des enfans
qu'ils veulent rendre oisifs, paresseux
ou vicieux comme eux !.... Cette réflexion pourrait nous mener très-loin,
je me hâte de l'abréger pour en revenir à
mon récit.

Les persécutions s'accumulèrent bientôt sur la tête de la pauvre Sophie. Son
père la menaça de tout le poids de sa colère, si elle ne donnait pas, dans un délai fixé, sa main au vil Fallax. Il projeta
aussi d'épouser, le jour même, l'amie
de son cœur, et de donner ainsi à sa fille
un époux odieux et une belle-mère plus
méprisable encore. Fallax, de son côté,
n'épargnait pas les petits soins, les protestations ; mais, outre que Sophie le
haïssait cordialement, elle savait que

c'était un joueur de profession, qui fréquentait la plus mauvaise compagnie, et qui se battait en outre comme un crocheteur.

Je ne sais comment cela aurait fini pour la pauvre Sophie, sans un incident qui vint lui rendre la liberté, et qui eût été bien douloureux pour elle en toute autre occasion. Son père, ayant fait un excès de table, tomba malade, et mourut en deux jours de tems. La bonne Sophie sentit dans son cœur la voix de la nature. Elle pleura l'auteur de ses jours ; mais bientôt, reprenant un caractère ferme, et sentant qu'elle ne dépendait plus que d'elle, elle chassa de la maison Fallax, sa sœur et leurs amis. Fallax ne se retira pas sans lui jurer qu'il saurait se venger d'elle, ainsi que de son amant Prosper, avec qui il avait découvert sa liaison. Sophie déménagea, chercha un asyle écarté, ignoré de ses ennemis ; et, comme vous devinez bien que Prosper l'aida dans tous ses arrangemens et la suivit dans sa retraite, elle épousa cet honnête homme qui fit son bonheur , et la rendit mère de plusieurs enfans aussi beaux , aussi doux qu'elle.

Ce ménage fut heureux et tranquille pendant trois ans. Au bout de ce tems on vit reparaître Fallax qui, pris de vin et déguenillé même, osa se présenter chez Prosper et l'insulter. Prosper prit un bâton , et chassa ce drôle comme il le méritait. Il n'en cessa pas pour cela de rôder autour de la maison, d'écrire des lettres anonymes , de chercher à brouiller cet heureux ménage , de menacer même d'enlever Sophie, si elle ne lui cédait pas.

Ces importunités firent éprouver de grands chagrins au pauvre Prosper qui , comme je vous l'ai dit, s'allarmait à la moindre contrariété , entrevoyait toujours de grands événemens dans les plus petites choses, et n'avait pas assez de force pour prévenir les coups du sort, encore moins pour les supporter. En vain Sophie cherchait-elle à le rassurer , à le consoler. Non ; Prosper avait la faiblesse

VI.   4

de craindre que Fallax ne l'assassinât,
lui ou son épouse : il avait en un mot un
funeste pressentiment que cet homme lui
deviendrait bien funeste un jour !

Cependant Fallax disparut de nouveau, et six années s'écoulèrent encore
sans qu'on entendît parler de lui. L'espoir, la consolation, le bonheur étaient
rentrés dans la famille de Prosper, qui
ne songeait plus qu'à sa femme, à bien
élever ses six enfans, et à faire enfin un
ouvrage littéraire de marque pour sa réputation.

Il le termina, ce grand ouvrage. C'é-
tait un poème en vers, en deux volumes,
qui lui fut d'abord payé très-cher, qui
ensuite étendit dans toute l'Europe la
célébrité de son nom, et le fit recher-
cher dans les meilleures sociétés. Prosper, devant dès-lors à cette œuvre de
son génie beaucoup de gloire, un im-
mense profit, respira à longs traits l'en-
cens que l'on brûlait par-tout pour lui,
et devint le plus heureux des hommes.
Hélas ! c'était sa célébrité même qui de-

vait le plonger dans le malheur le plus
affreux ; car il est des êtres méchans qui
n'auraient jamais pensé à vous nuire, si
votre nom n'était pas venu frapper leur
oreille, exciter leur envie, et leur rappeler toute la haine qu'ils vous ont vouée.
Fallax était de ce nombre. Il entendit
parler du grand ouvrage de Prosper ; il
se souvint de cet intéressant jeune homme, et se promit de troubler sa félicité
en venant le persécuter de nouveau :
mais il était écrit que ce serait la seule
et dernière fois qu'il lui rendrait visite.
Fallax, ayant perdu, une nuit, jusqu'à
ses vêtemens au jeu, se trouvant sans
ressource, abreuvé d'humiliations et
chargé du mépris public, Fallax s'étant
décidé à un acte de violence, osa se présenter chez Prosper.

Prosper, tranquille et seul dans son
cabinet (sa femme reposait encore dans
une pièce à côté, et sa domestique était
sortie pour des emplettes de ménage),
Prosper était occupé à corriger les épreu-
ves d'une seconde édition de l'ouvrage

4.

qui lui avait fait tant d'honneur... Il entend frapper doucement. Les gens de lettres sont toujours fâchés d'être interrompus. Celui-ci se lève avec humeur ; il
ouvre, et reste saisi d'effroi, en voyant
entrer son ennemi juré, Fallax!...

A peine peut-il lui demander ce qu'il
desire.... Fallax ferme la porte derrière
lui, entre sans dire un mot ; mais il est
pâle, défait, dans un état qui fait frémir
Prosper. Que voulez-vous, homme vil
et méchant, dit Prosper? — Parlons bas,
très-bas, ne réveillons point Sophie, qui
sans doute repose à cette heure. — Oui,
elle repose ; mais encore une fois, que
voulez-vous ? — Implorer votre pitié. Je
suis sans un sol, malheureux au dernier
point. Vous êtes heureux, vous, riche
et comblé des faveurs de la gloire et de
la fortune. Il faut que vous me donniez
de l'or. — De l'or ! espérez-vous en
trouver beaucoup chez un homme de lettres ? — Un homme de lettres comme
vous est plus fortuné qu'un misérable
comme moi. Il faut que vous m'aidiez.

— Qu'est-ce que cela veut dire ? venez-vous ici pour me voler ? — Non ; mais vos ouvrages respirent tant la sensibilité, la bienfaisance !.... — Protocole ordinaire des mendians. — Allons au but : Voulez-vous me secourir ? — Si j'avais du superflu à donner aux indigens, ce n'est pas vous que je choisirais pour répandre mes bienfaits. — Non ! vous me refusez ? — Formellement. Je vous prie même de sortir sur-le-champ, si vous ne voulez que j'appelle des gens..... — Avant tout, permettez-moi d'écrire un mot. — Vous l'écrirez dehors. »

Fallax prend sur le bureau de Prosper une feuille de papier, une plume, de l'encre ; il écrit quelques lignes, cachette le billet sans le lire à Prosper ; puis le mettant soigneusement dans l'une de ses poches, il tire de l'autre un pistolet qu'il pose sur le bureau. Prosper, ne pouvant deviner ce qu'il veut faire, frémit à la vue de cette arme. Fallax continue : « Si vous ne me donnez tout l'argent que vous possédez, je me brûle

la cervelle, ici, chez vous, j'en suis
réduit-là. — Mais, n'y a-t-il pas des
lois, monstre ! crois-tu qu'impuné-
ment.... »

Prosper se lève pour courir vers la
porte, l'ouvrir, appeler du monde ; il
n'en a pas le tems. Fallax le saisit par
un bras et s'empare du pistolet : Vous
voulez faire du bruit, dit-il, me perdre ;
eh bien soyez donc la cause de ma mort !
Un jour plutôt ou plus tard, il fallait
toujours que je prisse ce parti, mais
vous vous en repentirez !....

Il dit, et mettant le bout du pistolet
dans sa bouche, il se fait sauter le crâne
et tombe sans vie devant le malheureux
Prosper, qui, saisi d'horreur, le repousse du pied pour voler à la chambre
de sa femme que le bruit du coup a ré-
veillée en sursaut. Sophie demande ce
que c'est ; Prosper, qui n'a pas la force
de lui répondre, tombe évanoui ; Sophie
court au cabinet de son mari, elle y voit
Fallax nageant dans son sang. Dieu,
quel spectacle ?....

Cependant on monte dans la maison, on frappe rudement à la porte, et un inspecteur de police qui, par malheur, était voisin de nos jeunes gens, est le premier à se rendre sur le lieu de la scène. Prosper a recouvré ses sens; il veut raconter cette cruelle aventure, il ne le peut, il balbutie; il est pâle, hors de lui, couvert du sang du suicidé! On ne sait ce que tout cela veut dire......
Cependant on fouille Fallax, et le billet qu'il a écrit est trouvé. Voici ce qu'on lit sur ce fatal billet :

« Je suis chez un scélérat qui ne m'a attiré chez lui que pour m'assassiner!... dès long-tems mon rival, mon ennemi juré, il en voulait à mes jours. Il me tient, dans ce moment, le pistolet sur la gorge, et croit que j'écris toute autre chose. Si je puis jeter ce billet par une croisée, je prie la personne charitable qui le trouvera de venir me délivrer des mains de mon assassin.

FALLAX, *demeurant rue des Nonaindières, hôtel de la Trinité.* »

Ce billet devient , pour les commis-
saires , inspecteurs , etc. , une pièce de
conviction. Prosper est arraché de son
asyle , des bras de son épouse , et plongé
dans une étroite prison. En vain sa pauvre femme cherche-t-elle à prouver son
innocence ; son affaire s'instruit, et tout
prouve qu'il est coupable. D'abord , ses
voisins déposent qu'ils l'ont vu plusieurs
fois chasser Fallax de chez lui à coups
de bâton. D'autres l'ont entendu dire .
que, s'il osait revenir, il serait capable
de le tuer ! Pour comble de malheur ,
sa fille domestique ne reparaît plus, et
sans doute que , gagnée par Fallax, elle
lui a procuré un des pistolets de son
maître ; car celui avec lequel Fallax a
été assassiné, appartenait à Prosper. On
trouve chez le décédé , à l'hôtel de la
Trinité, rue des Nonaindières , plusieurs
notes , écrites de la main de Fallax il
est vrai, mais sur lesquelles il relate
que, tel jour, à telle heure, Prosper l'a
attendu avec un poignard pour le lui
plonger dans le sein ; que Prosper avait

cherché déjà à l'empoisonner, et mille
autres affreux mensonges que ce scélérat avait tracés dans le dessein de compromettre le mari de Sophie, après s'être
défait d'une vie importune.... Que vous
dirai - je, mesdames, l'infortuné Prosper, après une détention de six mois et
des souffrances inimaginables, est con-
damné à mort comme assassin !...

Il va subir cette horrible sentence....
Mais sa femme, quoiqu'au désespoir et
enceinte de huit mois, la généreuse Sophie qui connaît son innocence, profite d'une faveur inattendue du Ciel, et
tente un dernier effort pour le sauver.

Elle rencontre chez une de ses amies,
aussi désolée qu'elle, la perfide cuisi-
nière qu'elle n'a pas revue depuis son
malheur, et qu'elle soupçonne violemment d'avoir été dans la confidence de
Fallax. En voyant son ancienne maîtresse, Manon (c'était le nom de cette
fille,) pâlit : soupçon de plus pour Sophie. Elle conjure tout bas son amie de
l'aider ; et, sortant toutes deux, elles

enferment la perfide Manon dans une
pièce, d'où il lui est impossible de s'é-
chapper. Sophie court au tribunal raconter ce qu'elle vient de faire ; elle
presse les juges de suspendre.... Impossible, lui répond-on ; le jugement est
rendu, il faut que dans deux heures...

Dans deux heures ! le terme est court ;
mais il suffit à Sophie. Le Roi était justement à Paris ce jour-là, au parlement,
où il avait quelques affaires d'Etat à ré-
gler. Sophie y vole, parvient auprès du
Monarque, se jette à ses pieds, et ne
peut que crier grâce, grâce !

Le Monarque voit une femme charmante ; il s'attendrit, la relève, et lui
demande ce qu'elle veut. Sophie lui explique tout, et le conjure de suspendre
la sentence, en ordonnant que la ser-
vante soit entendue. Le Roi écrit deux
mots, lui adresse des choses consolan-
tes, encourageantes ; et Sophie, munie
du papier cacheté, court le porter au rapporteur, qui soudain fait recommencer
toute la procédure. Manon est entendue,

interrogée ; elle avoue qu'elle a reçu six
louis de Fallax pour lui donner en secret
un des deux pistolets que possédait son
maître. Elle jure néanmoins qu'elle ne
savait pas ce qu'il voulait en faire ; mais
elle convient qu'elle s'était absentée à
dessein le matin de l'évènement, sachant
que Fallax devait venir visiter Prosper ,
à qui, avait-il dit , il voulait faire une
peur épouvantable. Elle ajouta que , depuis long-tems , elle était dans la confidence de Fallax qui avait juré de tuer
Prosper , ou de le compromettre dans
quelque affaire dont il ne pourrait jamais
se tirer. On fit de nouvelles perquisitions
sur la conduite du décédé , sur ses projets , ses moyens d'existence , les demi-
confidences qu'il avait pu faire, et enfin,
l'innocence de Prosper ne fut plus dou-
teuse.

Tout cela fut l'affaire de quatre jours.
Il fut amené au tribunal , justifié et
remis en liberté.... Quel bonheur pour
ce couple si malheureux ! Hélas , il n'en
jouit pas long-tems. La joie qu'éprouva

Prosper fut si vive, qu'il en tomba dangereusement malade ; et, rendu à sa femme, à ses enfans, à l'honneur, le pauvre Prosper ne pût profiter de tous ces biens ; il expira huit jours après sa mise en liberté.

Vous jugez, Mesdames, que son procès et tant de peines avaient épuisé toutes les ressources de sa veuve ; elle était tombée dans la plus affreuse indigence, et ce fut dans cet état douloureux qu'elle donna le jour à son septième enfant. La société de la charité maternelle s'empressa de voler à son secours ; il y a quinze jours de cela, et je vous avoue que cette femme si malheureuse est une de nos plus intéresssantes pensionnaires.... Nous voilà à sa porte, vous allez la voir ».

Je brûle, s'écria madame d'Arleville, de la serrer dans mes bras. — Et moi aussi, disent ensemble ses filles, que le récit de madame de Birange avait émues jusqu'aux larmes. — Oh le monstre, ajouta Elisa, le monstre que

ce Fallax ! Est-il possible qu'il y ait
des êtres assez méchans, pour, en se
détruisant eux-mêmes, plonger les autres dans un si cruel embarras ! —
L'humanité, répondit madame d'Arleville, produit, rarement il est vrai,
des scélérats de cette force ; mais tout
est possible dans la société, tout peut
arriver, tout arrive même, et les crimes les plus odieux ne surprennent plus
dans ce siècle, quand on sait jusqu'où
est poussée la perversité humaine !.....
Mais montons chez madame Derval.

Madame d'Arleville et ses filles furent bien touchées en voyant cette infortunée : c'était une femme de trente
ans environ, belle encore, mais dans
un état de pâleur, de tristesse et de
faiblesse difficile à décrire. Elle était
entourée de six jeunes enfans en bas âge,
et allaitait son petit nourrisson. Auprès
d'elle était une garde donnée par la société ; et, quoique logée à l'étroit, elle
paraissait ne manquer d'aucun des secours qu'exigeait son état. Eh bien, ma

V I.   5

bonne dame, lui dit en souriant madame de Birange, comment cela va-t-il aujourd'hui? — Quoi, madame! vous avez la bonté de venir me voir! — Oui, certainement, je m'en fais un plaisir, et je vous amène une de mes amies, bonne mère comme vous, et dont voilà les demoiselles.... Je leur ai.... raconté... oh! elles prennent bien le plus vif intérêt à vous.

Sophie verse un torrent de larmes, ses yeux s'égarent, elle paraît dans le délire, et s'écrie: Il n'est plus!... Je l'ai perdu!... vous leur avez dit que j'ai perdu! mais au moins il est mort avec l'honneur, et ces enfans n'auront point à rougir un jour du nom de leur père! — Rougir, maman, interrompt un très-petit garçon? Au contraire, ton Hippolyte et ses frères ne prononceront jamais qu'avec respect ce nom que notre père a illustré.

Oh, le charmant enfant, s'écrie madame d'Arleville!...

Elle veut prendre, caresser Hippo-

lyte ; mais la mère s'en empare, elle le
nouille de ses larmes ; ses cinq autres
enfaus volent dans ses bras, sur son
ein, sur ses genoux, et ce tableau attendrit tous les spectateurs.

Madame d'Arleville craignit que l'é-
motion qu'elle voyait ses filles éprou-
er, ne nuisît à leur santé : elle abrégea
ette visite, dit à madame Derval les
hoses les plus flatteuses, et sortit avec
es enfans, non sans avoir laissé sur la
heminée de la veuve des marques de sa
ienfaisance.

5.

~~~~~~~~~~~~~~~~~~~~

XLVIIIe. JOURNÉE.

PERSONNAGES.

MONSIEUR ET MADAME D'ARLEVILLE,

Henri, Théodore, Cyprien, Alexandre, Evariste, Clara, Elisa, Virginie et Flavie.

QUAND madame d'Arleville fut rentrée dans le pied-à-terre de la famille à Paris, elle y trouva son mari et ses fils s'entretenant de l'histoire du sourd-muet André, qu'ils avaient entendue la veille. Par une bizarrerie inconcevable, leur dit madame d'Arleville, nous étions destinés, vous et moi, à être émus par les événemens les plus tragiques. Votre petit sourd-muet, compromis, dites-vous, par un voleur, n'est cependant rien en comparaison de l'aventure vraiment effrayante qui est arrivée à la pau-

vre femme que nous venons de voir.
Oui, s'il existe une fatalité, madame
Derval en est une des victimes les plus
malheureuses. Sur le point de voir périr
son mari sur un échafaud, elle le perd
au moment où ils allaient jouir tous
deux du plus parfait bonheur! Ah, mon
cher d'Arleville!... vois comme tes filles
sont encore toutes saisies du récit qu'elles viennent d'entendre ! — Qu'est-ce
que c'est donc, ma sœur, dit Cyprien à
Clara? ah, conte-nous donc cela! — Je
le veux bien ; mais à condition que tu
nous diras, toi, l'histoire du petit André, sourd-muet? — Avec plaisir. —
Je mets une autre condition à tout cela,
interrompt madame d'Arleville, c'est que
M. d'Arleville nous mènera tous au spectacle ce soir. J'ai déjà dit que, depuis hier,
nous étions destinés à entendre des histoires de voleurs, de prisons, de bourreaux,
de je ne sais quelles horreurs ; moi, cela
m'a toute attristée ; il faut nous dissiper
un peu, et le spectacle est propre à cela ;
il y a si long-tems que je n'y suis al-

lée !... — Justement, mon amie, répondit M. d'Arleville, on donne, ce soir, aux Français, *le Vieux Célibataire*, de mon ami Collin. Vous rappelez-vous, mes enfans, que, l'été dernier, lorsque je vous racontai l'histoire du jeune célibataire Armand, je vous promis de vous faire voir le pendant de ce conte ? Eh bien, voilà le moment arrivé. On donne avec cette pièce *le Bienfait anonyme*, joli petit ouvrage fait sur un trait de la vie de Montesquieu ; le spectacle sera charmant et vraiment moral pour mes enfans. Allons, voilà qui est dit, pendant que vous allez vous noircir encore l'imagination en vous rapportant mutuellement les histoires sombres que vous avez entendues à Paris, je prends mon cabriolet, et je cours aux Français pour louer deux loges, ou au moins une assez grande pour nous contenir tous, car nous sommes onze ; c'est une véritable pension. Je ne serai guères revenu avant une heure ; il y a loin d'ici au faubourg St.-Germain !

M. d'Arleville partit ; on attendit son retour en s'attendrissant sur les malheurs d'André, de Sophie ; et le père de famille revint. Il avait loué une grande baignoire de rez-de-chaussée, qui pouvait contenir toute sa famille, composée d'ailleurs de sujets fort minces de taille et d'embonpoint ; et, après avoir dîné à la hâte, on s'embarqua dans deux voitures, qui conduisirent la petite pension, ainsi que s'exprimait M. d'Arleville, au faubourg St. - Germain, où était situé alors le théâtre Français. Je ne peindrai point à mes lecteurs la joie de tous nos enfans ; ils doivent s'en faire une idée s'ils pensent que ce genre de plaisir était neuf pour eux, qu'on les avait habitués à la solitude et aux seules jouissances qu'offre la campagne.

On se place dans la grande loge qui est fort commode, et M. d'Arleville, ainsi que son épouse, en bons pères de famille, ont la complaisance de faire placer les enfans sur les deux premiers

rangs de la loge, ce qui les flatte beaucoup, et offre même au reste des spectateurs, tournés avec curiosité de ce
côté, un coup-d'œil intéressant.

Tout est nouveau dans ce lieu pour la
plupart de nos jeunes amis ; je dis pour
la plupart, car Henri et même Théodore
ont déjà été plusieurs fois au spectacle
avec leur père ; mais le reste de la famille
n'a pas assez d'yeux pour contempler la
salle, les loges, le public, la toile d'a-
vant-scène, etc. Elle se lève enfin cette
toile d'avant-scène, et le spectacle commence, et nos enfans sont tout oreilles !
Le jeu de Molé produit sur eux une illusion complette ; mademoiselle Contat les
charme par sa grâce, son aisance et la
vérité de son débit. Fleury, dans la po-
sition critique du neveu de M. Dubriage,
les intéresse au dernier point, et les cinq
cousins qui viennent pour se faire connaître comme les collatéraux de ce neveu, excite leur gaîté au point que Cyprien, qui est un gros réjoui, laisse
échapper un grand éclat de rire, qui sou-

dain attire sur lui l'attention de la salle entière. Il rougit ; mais le public le fixe, rit à son tour ; les acteurs sont interrompus ; et, l'embarras, la jolie figure de Cyprien, la honte de ses frères et sœurs qui lui font des reproches, tout excite l'intérêt des spectateurs, qui finissent par applaudir à plusieurs reprises notre jeune famille.

Cyprien, bien corrigé par cette leçon, écoute maintenant avec une attention morne, ainsi que ses frères, ses sœurs ; et, quand le vieux célibataire est fini, un particulier s'approche de leur loge. Cette loge était au rez-de-chaussée, dominait sur la partie destinée au public, et qu'on appelle l'orchestre ; en sorte qu'il était facile, de cet orchestre, de parler aux personnes qui composaient la loge. L'inconnu s'approche donc de Cyprien, et lui dit en souriant : Il me paraît, mon petit ami, que le spectacle vous a bien amusé ?

Cyprien rougit de nouveau, et balbutie un oui !... Monsieur....

M. d'Arleville, qui est placé dans
le fond, avance sa tête, et dit à l'inconnu, en souriant aussi : Il faut l'excuser,
Monsieur, c'est la première fois que cet
enfant va à la comédie française. —
Quelle voix, reprend l'inconnu, me
trompai - je ! c'est M. d'Arleville ! —
Moi - même.... mais vous?... attendez
donc, vos traits ?...—Ils sont changés ,
il est vrai ; mais c'est à la félicité la plus
parfaite que je dois ce changement. Eh
quoi, mon oncle ne me reconnaît plus ?
— Vous seriez?... en effet, c'est Hippolyte.

Hippolyte! ce nom , que nos jeunes
demoiselles d'Arleville ont entendu donner ce matin à l'un des petits enfans de
madame Derval , les frappe : Clara examine à son tour le jeune homme, et dit :
Mais, papa, tu ne vois donc pas, c'est
bien mon cousin Hippolyte. Quoique je
n'eusse que sept ans lorsqu'il est venu
nous voir, je le reconnais bien, va, c'est
bien lui ! — Oui, c'est lui, disent à-la-
fois Henri et Théodore ! — Vous voyez,

ien oncle, reprit le jeune homme, un
neveu que vous avez pu accuser de légè-
eté, d'inconséquence ; mais qui, au
ond du cœur, et j'ose le dire, ne méri-
ait point cette injustice. Vous saurez,
ous apprendrez.... où pourrai-je avoir le
onheur de vous assurer de mon respect,
insi que ma tante ? — La voilà, ta
ante. — Je vous demande pardon,
'obscurité de cette loge.... je n'avais pas
'avantage de vous appercevoir.

Madame d'Arleville s'incline, et pa-
aît flattée de retrouver le neveu de son
nari ; car c'était le propre fils d'une
œur de M. d'Arleville. Hippolyte con-
inue : Depuis huit ans, mon oncle, il
n'est arrivé des événemens ! — Eh bien,
non ami, dit M. d'Arleville, voilà no-
re adresse, viens nous voir, tu nous ra-
onteras cela. — Vous me le permet-
ez ? oh, je suis au comble de la joie !
Mais résidez-vous à Paris ? On m'avait
lit que vous l'aviez quitté. — Il est vrai ;
e suis à Paris pour quatre ou cinq jours
ncore ; mais mon domicile actuel est à

cinq lieues d'ici, à Roseville ; tu dois
connaître Roseville ? — Très-bien, mon
oncle. Je suis désolé de ne pouvoir vous
visiter à Paris. Je pars demain pour
Soissons, avec.... — Que ne viens-tu
souper ce soir avec nous ? — Je ne le
puis, mon oncle, je suis en compagnie,
avec ce vieillard que vous voyez là-bas,
sur le second banc de l'orchestre. Ce
vieillard ! quel homme respectable !....
Ah, si vous saviez !... Vous allez voir
le Bienfait anonyme, c'est son histoire, la mienne.... Que dis-je ! sa conduite envers moi est encore au-dessus de
celle qu'on prête à Montesquieu dans
cette pièce. Vous la connaîtrez ! vous
l'apprécierez !... et.... — Quand te ver-
rons-nous donc ? — Mais, mon oncle,
dans six ou huit jours au plus tard. J'irai
à Roseville, et j'espère avoir alors assez
de tems pour passer un mois avec vous,
si je ne vous suis point trop importun.
— Toi !... tu me feras plaisir. — Pardon, je vous quitte ; mon ami est là
seul, il s'ennuie !... c'est qu'il a quatre-

vingt-quatre ans tel que vous le voyez,
et je lui dois, oh, oui, je lui dois bien
les plus grands soins!.... Adieu.....
Voyez, pénétrez-vous du *Bienfait anonyme*, et songez que ce n'est rien en
comparaison de l'histoire que j'ai à vous
raconter !

Hippolyte salua son oncle, sa tante,
ses cousins, cousines, qui lui firent
mille amitiés, et il alla rejoindre le
vieillard respectable dont il avait parlé
avec tant d'intérêt. On vit que, de loin,
il montrait sa famille qu'il avait retrou-
vée, à ce bon vieillard qui, de son
côté, salua monsieur et madame d'Arleville de l'air le plus affectueux.

Le Bienfait anonyme fut joué et in-
téressa doublement nos jeunes curieux,
puisqu'on leur avait promis une histoire
dans ce genre.

Le spectacle finit au grand regret des
enfans de notre père de famille qui auraient voulu le voir se prolonger toute
la nuit, et nos amis rentrèrent chez eux,

où M. d'Arleville trouva une lettre qui parut l'inquiéter beaucoup. Nous saurons, dans la journée suivante, ce qu'elle contenait.

———

XLIXᵉ. JOURNÉE.

PERSONNAGES,

MONSIEUR, MADAME D'ARLEVILLE,

Henry, Théodore, Clara, Elisa, Cyprien et Flavie.

LA lettre que M. d'Arleville avait trouvée en rentrant chez lui, était de son avocat, qui lui annonçait que son procès devait se juger le lendemain même, et que tout faisait craindre qu'il ne le perdît. Il était question d'un partage avec un parent ambitieux. Ce parent était un jeune homme, qui n'avait aucun droit à demander ce partage, aucune espèce de droits ; mais ce jeune homme venait d'épouser justement depuis deux jours la fille du rapporteur de M. d'Arleville, et l'on pouvait appréhender que ce rapporteur ne fit pencher la balance

de la Justice en faveur de son gendre.
L'avocat finissait par engager M. d'Arleville à faire des démarches auprès des
juges, à leur témoigner ses appréhen-
sions relativement à l'alliance de sa partie adverse avec son rapporteur.

Cette nouvelle inquiéta beaucoup M.
d'Arleville : il était question de perdre la moitié de sa fortune, et il avait
assez d'enfans à établir pour redouter un
pareil malheur. Sa famille, à qui il communiqua cette lettre, s'empressa de raf-
fermir son courage, de le consoler, de
lui témoigner qu'elle saurait se résigner à
tous les événemens. Henri, Théodore et
Cyprien ajoutèrent même que si leur père
se trouvait ruiné, ils sauraient prendre
chacun un état tel qu'il le leur désigne-
rait, travailler de leurs mains s'il le fallait. M. d'Arleville fut enchanté de ce
dévouement, et les enfans parlèrent déjà
du genre de travaux auxquels ils se
sentaient propres respectivement. Moi,
dit Henri, j'aimerais l'horlogerie ; c'est
un talent qui exige de l'adresse, et je

rois que je me plairais à travailler à
ne pendule, à une montre, l'œuvre le
lus ingénieux, selon moi, qui soit
orti de la main des hommes. — Moi,
it à son tour Théodore, je serais, je
rois, un assez bon bijoutier ; car, lorsqu'il arrive quelqu'accident aux dia-
nans, aux bijoux de maman, elle sait
ien que c'est moi qui les lui raccom-
node, et qu'elle a assez de confiance en
noi pour me permettre d'y toucher. —
Pour moi, interrompit Cyprien, il ne
ne faudrait pas un état sédentaire. Je
âcherai de me mettre commis-voyageur
dans quelque bonne maison de commerce : eh bien, on voit du pays ; on
va du nord au midi, du levant au cou-
chant : on s'agite, on lève des marchan-
dises, on fait le bien de son patron ;
puis, par la suite, on épouse la fille de
la maison, et l'on devient négociant à
son tour.

C'est fort bien, répondit M. d'Arleville, qui ne put s'empêcher de sourire,
quelque peu d'envie qu'il en eût, l'un

serait horloger, l'autre bijoutier, celui-là commerçant ; mais vous ne pensez pas, mes enfans ; qu'il faut un apprentissage pour cela, et que vous êtes déjà bien âgés, sur-tout Henri et Théodore, pour commencer une semblable carrière : au surplus je ne serais pas embarrassé de vous autres garçons ; mais vos sœurs ! elles ne peuvent pas travailler comme vous, et il faut que je leur amasse des dots. — Ah, mon père, répondirent ensemble et avec effusion, Elisa et Clara ! ne pensez pas à nous ; passer nos jours auprès de vous, à partager les travaux domestiques d'une mère chérie, tel est notre seul vœu, tel est le sort heureux auquel nous aspirons uniquement.

Les six enfans se jetèrent dans les bras de leurs parens, et des larmes de sensibilité coulèrent de tous les yeux. Il fut convenu que le lendemain, jour qui devait être heureux ou fatal, M. d'Arleville prendrait son fils Henri avec lui, et courrait chez tous les juges avant l'heure de l'audience, à laquelle ils se

rendraient ensuite ; que madame d'Arleville de son côté emmenerait les cinq
autres jeunes gens et irait assister à
cette audience si intéressante pour toute
la famille ; qu'enfin on se réunirait là.
La nuit se passa au milieu de l'inquiétude générale, et dès les premiers rayons
du soleil, M. d'Arleville et son fils
Henri partirent pour commencer leurs
importantes visites.

Les courses de ces deux amis furent
assez fructueuses : ils trouvèrent presque
tout leur monde, à l'exception de M.
le conseiller de B.... chez lequel on les
fit attendre. Au bout d'un moment, un
laquais vint avertir M. d'Arleville que
M. le Conseiller consentait à le recevoir, mais seul, dans son cabinet.
Henri, qui n'avait pas déjeûné, pria son
père de lui permettre de descendre au café
voisin de l'hôtel, pour y prendre quelque
chose pendant le tems de la conférence
qu'il allait avoir avec M. le Conseiller. M.
d'Arleville y consentit, et promit à son
fils qu'il irait le reprendre dans ce café.

Henri descend donc, entre dans cette maison, se place à une table et demande du chocolat. A la table voisine de la sienne, se trouve justement le jeune chicaneur qui a intenté cet injuste procès à son père. Monvil, c'est le nom de ce méchant parent, est là avec quelqu'un de ses amis, sans doute, et à sa vue Henri, qui commence à être un homme, pâlit et frémit tour-à-tour de rage et de ressentiment. Mais que devient-il, quand il entend Monvil dire à son ami, d'un air d'ironie et en le montrant : En voilà un, c'est l'aîné, cela fera un fier champion.—Comment? demande l'ami.—Oui, répond Monvil, c'est le fils aîné de d'Arleville, de mon cher oncle à la mode de Bretagne. Il vous élève cela comme un petit paysan, dans une ferme je crois, avec des beaux sentimens, des systêmes, en véritable romancier.

Et il rit aux larmes, ainsi que son ami. Ce dernier se lève, Monvil lui dit : Allons, vas à tes affaires, pour moi, je reste encore ici quelques minutes. N'oublie pas sur-tout de te rendre à l'audience : il paraît que ma chère tante y sera, comme la mère Gigogne, avec tous ses enfans. Ah, ah, nous verrons la mine que tout cela fera.

L'ami sort, et Monvil se rasseoit en toisant Henri d'un air de mépris. Henri ne peut plus contenir l'excès de son indignation. Il a dix - sept ans passés, de l'honneur et même de la valeur. Il s'approche de Monvil, et lui dit tout bas : *La mine que tout cela fera* pourrait bien ne pas vous faire rire, Monsieur. — Que me dit donc cet enfant ? — Cet enfant vous dit que vous êtes un impertinent, et que, si vous aviez du cœur, vous lui feriez raison des injures que vous venez de lui prodiguer, ainsi qu'aux respectables auteurs de ses jours ! — Ah ! *les respectables auteurs de ses jours !* voilà du romanesque s'il en fût jamais ! Songez-vous, mon ami, que le fouet vous irait mieux qu'un pareil langage ? — Homme grossier ! tu es trop lâche pour te mesurer avec ce prétendu enfant ! — Est - ce sérieusement

donc qu'il parle, ce petit bonhomme ?
— Ce petit bonhomme veut vous prouver qu'il est plus homme que vous. —
Ah, il veut se battre, il veut qu'on le
corrige ! J'y consens ; mais en vérité le
moment est trop mal choisi ce matin ;
je n'irai pas préférer un duel au jugement qu'on va prononcer en ma faveur.
— Eh bien, remettons cela tout de suite
après le procès, quelle qu'en soit l'issue.
— Vous l'exigez absolument, mon ami ?
— Si vous vous y refusez, je vous traite,
toute ma vie, comme le plus lâche des
hommes ! — On vous prouvera le contraire. Quelle arme choisit Monsieur ?
Est-ce l'épingle où le canon ? — L'épée,
ou le pistolet. — Diable, le pistolet !
il veut donc n'en pas revenir ? — Il
veut purger la terre d'un méchant tel
que vous ! ... — Ah, ah, ah ! ...

Henri lui serre la main ; et, se levant, il lui dit du ton le plus animé :
Nous verrons, Monsieur, qui rira le
dernier ! Après le jugement, au bois de
Boulogne, j'y serai. — Et moi aussi,

lui répond plus sérieusement Monvil, qui voit bien que notre jeune homme ne badine pas. Et Henri, ne voulant pas que son père le trouve avec son ennemi, qu'il se doute de sa querelle et de ses projets, remonte attendre M. d'Arleville dans l'antichambre de M. le conseiller.

Henri ne sent pas qu'il vient de commettre une haute imprudence, moins forte néanmoins que celle de ce misérable Monvil, qui a la bassesse d'insulter un enfant et d'accepter un duel avec lui. Monvil a dix ans de plus qu'Henri, et il ne cherche pas à calmer la tête d'un jeune homme qu'il a offensé ! Henri ne fait pas ces réflexions, il ne pense qu'à l'affaire à laquelle il va se trouver pour la première fois ; et, bien loin de l'effrayer, ce duel enflamme son courage, échauffe son sang, l'excite en un mot à la vengeance et l'empêche de réfléchir sur les conséquences. Il se propose bien de n'en point parler à son père ; il se fait une joie de le lui apprendre quand il aura fait mordre la poussière à son en-

nemi. Il ne sait pas qu'il s'expose à faire
perdre le procès à son père ; et que s'il
avait affaire à un jeune homme moins
brave et moins étourdi que Monvil , sa
partie adverse pourrait faire valoir au
procès cette provocation au duel , qui
serait , aux yeux des juges , un véritable délit ; mais heureusement pour Henri,
Monvil est un fou qui a pris très-sérieuse-
ment la chose et qui , loin de penser à
en abuser contre la famille d'Arleville ,
se propose de se trouver au rendez-vous
d'Henri. M. d'Arleville frémirait , lui ,
s'il savait cette particularité , et ce tendre père se repentirait bien d'avoir laissé
son fils libre un moment !... Mais pour-
suivons.

Henri attend donc son père qui ne
tarde pas à paraître. M. d'Arleville remarque l'altération des traits de son fils ;
Henri en rejette la cause sur tout autre
motif, et , comme l'heure s'avance , tous
deux se disposent à se rendre au tribunal. Ils se rangent , en y entrant , auprès de madame d'Arleville, qui y est

déjà placée avec ses autres enfans , et
toute cette famille attend , avec la plus
vive impatience l'issue d'une affaire qui
va, décider de son sort à venir. Quand
tout le monde est bien attentif , Henri
s'échappe et court à la maison paternelle,
rue de Clichy , pour y prendre des armes
dont il a besoin afin de se rendre au bois
de Boulogne après le jugement. Il trouve
le domestique Provençal qui , fort étonné
de le voir revenir seul , l'accable de questions , le suit comme son ombre , et
par un instinct naturel aux bons servi-
teurs , se méfie de ce brusque retour
sans avoir encore de soupçon bien formé.
Henri veut l'éloigner , se fâche , demande à être seul. Provençal lui cède ;
mais il l'entend fouiller dans le cabinet
de son père , remuer des pistolets , et
le domestique , rapprochant cette circonstance de l'extrème pâleur d'Henri ,
craint avec raison que son jeune maître
ne se soit attiré quelque mauvaise affaire
à l'insu de ses parens. Henri sort muni
de tout ce dont il a besoin ; Provençal

le suit de loin , et se rassure en voyant
qu'il reprend la route du palais de Justice ; mais , n'en persistant pas moins
dans ses soupçons , il le suit toujours
sans en être remarqué , et entre avec lui
dans la salle d'audience où sa mère , inquiète , s'était apperçue déjà de son absence. Madame d'Arleville questionne
son fils sur sa longue disparution : Henri
prétend qu'il s'est trouvé indisposé ,
qu'il avait besoin de prendre l'air un
moment. Madame d'Arleville le voit
troublé , agité , fixant avec l'œil de l'indignation l'odieux Monvil qui est assis
plus loin près de son avocat ; Madame
d'Arleville sent redoubler ses terreurs ;
et , appercevant de loin Provençal qui
lui fait signe de venir lui parler , elle
profite d'un moment où Henri , occupé
du plaidoyer de l'avocat de sa partie
adverse ne peut la voir et elle court à
Provençal qui lui apprend la démarche
que vient de faire Henri , sans pouvoir
lui en dire les motifs , mais en l'assurant
que le jeune homme est sorti avec des

pistolets. Des pistolets ! quel mot terrible pour une mère ! Madame d'Arleville rapporte tout bas à son époux ce qu'elle vient d'apprendre, et M. d'Arleville ordonne à son fils aîné, de l'air le plus sévère, de sortir un moment avec lui. Henri a distingué enfin Provençal dans la foule des spectateurs ; il a remarqué le trouble, les chuchottemens de sa mère, il tremble que son secret ne soit découvert ; il obéit néamoins à son père.

Quand ils sont seuls dans la cour, M. d'Arleville dit à son fils : Voudriez-vous bien me montrer, monsieur, ce qui rend si lourde la poche droite de votre habit ? — Mon père..... je n'ai rien-là, absolument rien, qui..... — Vous m'en imposez, Henri ! Pour la première fois peut-être, vous me cachez la vérité. — Mais, mon père... — Vous avez-là mes pistolets, je le sais. — Qui vous aurait dit ?.... — Vous venez de les prendre, il n'y a pas une heure, dans mon cabinet. — Vous pensez... — Pro-

vençal vous a vu ; ce fidèle serviteur en
a instruit votre mère qui vient de me
l'apprendre. — Il est vrai, mon père,
que.... — Achevez ; que voulez - vous
faire de ces armes fort inutiles à l'audience où nous assistons tous ? — C'est
que.... — Commencez, avant toute explication, par me les remettre, ces armes perfides. — Vous voulez?... —
Je l'ordonne..... ensuite nous parle-
rons. »

Henri, désespéré de se voir découvert, tire avec timidité les pistolets et les
présente à son père, mais en se jetant à
ses genoux, et en le conjurant de les lui
laisser.

L'action du jeune homme, son trouble, la sévérité de M. d'Arleville, tout
cela forme une petite scène qui fixe les
regards de deux hommes d'un âge fait
et très-bien vêtus, qui passent et vont
monter au tribunal. L'un d'eux s'écrie :
« N'est-ce pas là ce jeune homme qui,
ce matin ?..... — Oui, dit l'autre, je
le reconnais ; et sans doute voilà son père

qui veut l'empêcher de se battre avec ce mauvais sujet.... »

Ils s'arrêtent au moment où M. d'Arleville prend le bras de son fils, et le secoue rudement pour le forcer à se relever. «Grâce, grâce, s'écrient ensemble les deux passans : grâce, Monsieur, pour monsieur votre fils, car il n'a pas tort. Nous avons été témoins de toute la querelle dans le café où il était, où peut-être il ne nous a pas remarqués, quoique nous fussions assis à deux pas de lui et de son adversaire. — C'est vrai, répond Henri, plein d'espoir et en se relevant, c'est vrai ; ces Messieurs y étaient, je me les rappelle bien. Ils vous diront, mon père.... — Taisez-vous, interrompt M. d'Arleville. »

Puis, s'adressant aux deux inconnus qui ont l'air le plus estimable, notre malheureux père leur dit : Je vous demande pardon, Messieurs, si je prends la liberté de vous conjurer de me mettre au fait cette affaire, sur laquelle cet enfant s'obstinait à garder le silence. Si

vous êtes pères , vous sentirez quelle
doit être mon inquiétude , et vous vous
empresserez de la faire cesser. Quel est
cet adversaire qui a osé le provoquer ? —
Le provoquer , oh , c'est bien le mot ,
replique l'un des deux inconnus. Il l'a
bien provoqué , nous pouvons vous l'assurer. Pour son nom , ils nous serait
impossible de vous le dire. — C'est Monvil , interrompt Henri. — Monvil , s'é-
crie M. d'Arleville ! quoi , c'est lui !...
mais laissez parler monsieur.

L'inconnu raconte à M. d'Arleville
comment la scène a eu lieu , les injures
dont ce Monvil n'a cessé d'accabler
Henri , la manière dont il l'a traité , la
patience de ce dernier , et enfin l'étourderie qu'il a faite de consentir à un combat singulier. Les deux étrangers attes-
tent que tous les torts sont du côté de
Monvil ; et M. d'Arleville , ravi de cette
explication , leur dit , quand ils ont fini
de parler : « Que de grâces , Messieurs ,
je dois adresser à la Providence qui vous
a rendus témoins de cet évènement , et

qui a permis que vous passassiez ici justement à l'instant où j'en demandais
l'explication à mon jeune étourdi de fils.
Je me réserve, quelle que soit l'indul-
gence que vous mettez à l'excuser, je me
réserve de lui faire sentir la légèreté, l'imprudence de sa conduite. Je remets cette
morale nécessaire à un autre moment.
Pour celui-ci, je vais vous paraître bien
importun ; mais si vous voulez joindre à
tant de complaisance, celle d'affirmer
devant le tribunal tout ce que vous
venez de me révéler ici, je crois que
vous feriez un grand bien à mon affaire,
et je vous en aurai cette extrême obliga-
tion qui, entre gens honnêtes habitués
à rendre des services mutuels, désinté-
ressés, ne peut s'exprimer que par l'ac-
cent du cœur et par les actions de grâces
de toute une famille ! Oserai-je compter
sur vous comme témoins de cet excès de
malignité de la part de mon ennemi ?
— Nous sommes trop heureux, Monsieur, de pouvoir vous être utiles sur
ce point. Nous ignorions que cet inté-

ressant jeune homme fût le fils de M.
d'Arleville, que vous fussiez vous-même
ce M. d'Arleville si généralement es-
timé, dont le plan d'éducation est cité
à tous les bons pères, dont les fils sont
l'exemple de tous les enfans dociles,
vertueux et soumis. Le bruit que fait
dans le monde l'injuste procès qu'un méchant vous a intenté et qui se termine
aujourd'hui, nous avait engagés, n'ayant
rien de plus sérieux à faire ce matin, à
venir entendre le jugement qui va se
prononcer; nous sommes enchantés d'a-
voir eu l'avantage de vous rencontrer,
et que le sort nous procure l'occasion de
participer en quelque façon à la justice
qu'on va vous rendre. Vous pouvez disposer de nous. »

Henri n'est pas aussi satisfait que M.
d'Arleville. « Mon père, lui dit-il, à
présent que vous allez ébruiter cette
affaire, mon ennemi va me regarder
comme un lâche; il croira que je vous
ai tout révélé dans la seule crainte d'aller me mesurer avec lui.

« Messieurs, dit M. d'Arleville aux
étrangers, vous me faisiez compliment
tout-à-l'heure sur la soumission, sur la
docilité de mes enfans ! vous avez sous
vos yeux une preuve du contraire. Voilà
un petit furieux qui, raisonnant déjà
comme tous les spadassins, ne voit rien
d'avantageux dans votre heureuse inter-
mission, et brûle d'aller se battre avec
un fou ! Henri ! Henri !...... vous me
payerez cher ce surcroît de contrariété
dans un moment où j'ai déjà assez d'in-
quiétudes sur l'issue de mon procès !
— Mon père !..... — Laissons cela,
un autre jour ceci trouvera sa place. —
Veuillez, Monsieur, interrompt l'un
des deux étrangers, veuillez ne pas
trop sévir contre ce jeune homme : il est
brave comme vous voyez ; et, si jeune
encore, c'est une qualité précieuse qui
annonce qu'un jour il sera un homme.
— Messieurs.... il est moins reconnaissant que moi de la bonté que vous avez
de l'excuser.... mais profitons des momens que vous voulez bien me sacrifier,

et daignez m'accompagner là - haut. —
Nous vous suivrons par-tout. »

Ces deux étrangers si honnêtes mon-
tent avec M. d'Arleville et son fils dans
la salle d'audience , où les débats se
prolongent toujours entre les deux avocats. Ils ne sont pas favorables à M.
d'Arleville , ces débats ! Déjà les juges
paraissent ébranlés en faveur de Monvil ;
déjà le rapporteur , son beau-père , est
prêt à donner ses conclusions , et tous
les cœurs de notre bonne famille sont
serrés. M. d'Arleville s'élance au parquet : Je demande justice , s'écrie-t-il ,
en interrompant les avocats , oui ! je
demande justice contre mon adversaire
qui , non content de m'attaquer dans
ma fortune , forma encore le cruel projet
de m'assassiner dans l'un de mes fils.

Tout le monde se lève. On n'entend
que ce cri général : Qu'est - ce que c'est
donc ?

Les juges veulent empêcher M. d'Arleville de s'expliquer ; le rapporteur sur-
tout est le plus acharné à lui imposer

silence. M. d'Arleville ne cède à aucun ordre, à aucune sollicitation. Il raconte toutes les circonstances du duel projeté, et son éloquence est si rapide, si persuasive, si entraînante, qu'elle émeut tous les spectateurs, et principalement les juges. Monvil se lève à son tour ; il réplique par un seul mot ; il nie tout, et prétend qu'on est bien hardi de venir étourdir un tribunal respectable du rapport d'un enfant à qui on a appris sa leçon, et dont le témoignage est suspect, puisque cet enfant imberbe est le fils de sa partie adverse. — Ah, reprend M. d'Arleville, on recuse le témoignage de mon fils, le mien même qui devrait être de quelque poids, puisqu'on doit savoir assez que je n'ai jamais eu recours au mensonge !... Eh bien, recusez donc aussi ces deux témoins respectables, qui ont tout vu, ce matin, tout entendu, et qui vont dire la vérité !

Des cris s'élèvent. Les uns prétendent que c'est une nouvelle question qui ne peut plus s'agiter. Les autres demandent

qu'elle soit le sujet d'une nouvelle ins-
tance, les avocats font un bruit d'enfer,
on ne s'entend plus.... Le président du
tribunal, homme instruit, intègre et
juste, ordonne que cette circonstance
soit débattue sur-le-champ. Les deux
témoins s'avancent, se nomment ; ce
sont des hommes connus par leur état,
par leur moralité. Ils parlent long-tems,
signent leurs dépositions, et un mouvement d'indignation s'empare de tout le
monde. On ne peut concevoir comment
un homme, qui a près de trente ans, a
pu insulter, provoquer un jeune homme
de dix-sept ans ! On le blâmerait encore
d'avoir cédé aux provocations d'un enfant de cet âge qui avait lieu d'être cour-
roucé, puisque son père était attaqué
dans cette affaire. Les avocats reprennent
la parole ; celui de M. d'Arleville fait
valoir avec adresse cette circonstance ;
il redouble d'éloquence, d'énergie. Il
peint les vertus de monsieur, de madame d'Arleville, celles de leur nombreuse famille ; il trace par opposition,

l'inconduite de Monvil, ses folles prétentions. Le rapporteur prend la parole
à son tour, et n'en conclut pas moins
en faveur de son gendre. Les juges vont
aux opinions, tout le monde tremble!...

Enfin, à cinq heures du soir, le jugement est prononcé. . . . . Il déboute
Monvil de toutes ses demandes, con-
serve à M. d'Arleville un bien légiti-
mement acquis, et condamne sa partie
adverse, non-seulement aux frais, mais
encore à une forte amende pour les insultes qu'il a prodiguées, le matin, au
jeune Henri.

Ainsi qu'il arrive dans ces cas-là,
Monvil et ses agens se retirent furieux,
et M. d'Arleville engage à dîner chez lui
ses deux témoins qui acceptent, vu
l'heure avancée et le dérangement que
cette affaire leur a causé.

Je ne puis exprimer à mes lecteurs
le bonheur dont jouit toute la famille
d'Arleville. Ils le sentiront, s'ils ont
eu jamais des procès à soutenir contre
des intrigans, des fripons dans le genre

VI.   7

de Monvil, et dont il se rencontre tant de modèles dans la société.

Rentrée chez elle, madame d'Arleville, qui n'était pas encore remise du trouble que lui avait causé le récit fait par son mari, au parquet, du duel projeté entre Monvil et Henri, madame d'Arleville voulut gronder ce dernier. M. d'Arleville engagea son épouse à lui laisser le soin de réprimander son fils par la suite; il la pria de tenir compagnie à ses deux hôtes, et il passa dans son cabinet, où il se hâta de mander à son vieux Père Philbert l'heureuse issue de son procès, dans une lettre qu'il fit partir sur-le-champ par un exprès. Il rentra ensuite, et l'on dîna gaîment, malgré l'étonnement des enfans, qui, stupéfaits du courage de leur frère aîné, se communiquaient tout bas leurs petites réflexions à ce sujet, ou regardaient Henri avec l'étonnement d'estime qu'inspire la présence d'un véritable héros. Il se serait battu pourtant, disait Théodore. — C'est vrai, répondait Cyprien , et j'en aurais bien fait autant. — Toi ? tu es trop jeune. — Pourquoi donc ? Si un coquin m'insultait !... — A la bonne heure moi , qui n'ai qu'un an de moins qu'Henri , et qui suis tout aussi brave.

M. d'Arleville s'apperçut des chuchottemens de ses enfans , il les fit taire.

Messieurs Dermont et Villers (c'étaient les noms des deux amis qui avaient servi de témoins à notre bon père) sourirent , et ne purent s'empêcher de dire : Je parie que ces jeunes Messieurs s'entretiennent de la valeur de leur frère Henri ? — C'est vrai , répondit M. d'Arleville , et j'ai la douleur de les entendre dire à mes oreilles qu'ils en auraient bien fait tout autant que lui. — Cela n'est pas bien , répliqua M. Dermont ; car, autant j'ai cherché tantôt à excuser leur frère aux yeux d'un père irrité , autant à présent que cette affaire a tourné à bien, je me permettrais de faire des reproches à M. Henri , qui sans doute les prendrait bien d'un

7.

homme de mon âge, sur son imprudence d'avoir cédé ainsi aux premiers
mouvemens de sa jeune tête. Voyez
quel malheur il serait résulté, si M.
d'Arleville eût perdu en même tems son
procès et son fils !... Je vois M.. Henri
qui fait un signe de tête, comme en
disant : Oh, il ne m'aurait pas tué,
c'est moi qui l'aurais étendu sur le
carreau !... Tel est le raisonnement que
se font tous ceux qui vont risquer leur
vie en duel !... Et, en supposant qu'ils
tuent leur adversaire, ils ne pensent pas
aux suites qu'a toujours la mort d'un
homme, et au désespoir de deux famil-
les, dont l'une a perdu un de ses mem-
bres, et l'autre est obligée de voir son
parent se soustraire par la fuite aux justes
poursuites des lois !... Quel désespoir
pour un père, quand on lui rapporte
son fils mort ou blessé ! ... Cela me
rappelle une aventure tragique arrivée
dans ma famille, et que je vais vous
raconter. Puisse-t-elle offrir à ces jeunes
gens un exemple capable de leur donner

Le petit Duelliste.

Visite dans les Tombeaux.

toute la douceur, toute la patience, dont on a besoin pour écouter de sang-froid les plus graves insultes. C'est de mon propre frère, dont il va être ici question, de mon frère, homme estimable, mais qui était né sans fortune, ainsi que moi. La mienne, je l'ai faite par mon activité, par d'autres événemens, que je vous raconterai une autre fois, si M. d'Arleville me permet de cultiver sa connaissance ».

M. d'Arleville pria M. Dermont de croire qu'il regardait comme un bonheur de l'avoir pour ami, ainsi que M. Villers, et M. Dermont prit la parole en ces termes.

AUGUSTE,

OU LE PETIT DUELLISTE.

» Notre père mourut jeune, après avoir perdu son épouse et laissé aux soins d'un ami deux fils et une fille. Notre sœur, confiée à la tutelle de cet ami, eut une inclination, se maria à son idée, fut malheureuse en ménage, et mourut, laissant un fils qui ne tarda pas à perdre son père. Mon frère aîné, que je nommerai Dermont comme moi, puisqu'il portait mon nom, Dermont donc, qui était garçon, mais un peu plus à son aise que moi, prit ce fils avec lui, et eut pour ses premières années tous les soins d'un oncle tendre et qui lui tenait lieu de père. Moi, je fus obligé de voyager, fort loin, long-tems, et je ne revis ces parens que par la suite des tems. Il ne sera donc point question de moi dans ce court récit, et je ne vous raconterai uniquement que l'histoire de mon frère et de son neveu.

Dermont était garçon, comme je vous l'ai dit; et, n'ayant nullement l'intention de se marier, il adopta Auguste, ainsi se nommait le jeune fils de sa sœur. Auguste avait six ans, lorsque son oncle, qui cherchait par-tout une place capable de le faire exister avec plus d'aisance, fit la connaissance d'un riche banquier hollandais, nommé M. d'Appellen. Ce banquier prit Dermont en amitié, le logea chez lui, et lui donna le soin de sa caisse, avec la première place dans ses bureaux. Dermont avait en lui tout ce qu'il fallait pour gérer cette place et justifier la confiance de M. d'Appellen ; en sorte que, bientôt, tous deux devinrent amis inséparables, et se lièrent plus encore par le cœur que par l'intérêt. M. d'Appellen était resté veuf avec un fils de six ans aussi, de l'âge juste du petit Auguste ; et par un rapprochement de sympathie, aussi bien que de bonté, M. d'Appellen prenait également soin d'une petite nièce orpheline, nommée Rosalie, âgée de cinq ans, et qui promettait de devenir la plus jolie personne de son sexe. Ainsi, tandis que d'Appellen et Dermont ne faisaient qu'un pour l'amitié, Auguste, Rosalie et Charles, le fils du banquier, s'élevaient ensemble ; et ces trois enfans profitaient des mêmes maîtres, faisaient tous également le bonheur de leurs parens. Cependant, en avançant en âge,

Auguste fut le seul qui se fit distinguer
par la rapidité de ses progrès, sa jolie
figure, ses grâces et ses talens. Il excel-
lait dans tout ce qu'il apprenait, et la
belle Rosalie le suivait d'un peu plus
loin. Pour Charles, il était bon petit
garçon ; mais dénué d'intelligence, d'é-
mulation, il ne faisait rien, n'apprenait
rien et ne se plaisait à rien. Cela déso-
lait son père qui, lui citant sans cesse
l'exemple de sa cousine, sur-tout celui
d'Auguste, commençait déjà, sans le
savoir, à exciter sa jalousie contre ce
dernier, à lui rendre odieux le neveu de
Dermont. Charles l'avait aimé d'abord
comme tous les enfans s'aiment à six
ans, parce qu'ils jouent ensemble, et
que c'est le seul âge où les hommes
s'entendent bien ; mais à douze ans,
Charles n'avait plus pour Auguste les
mêmes sentimens. C'était pour lui qu'il
était réprimandé, grondé ou mis en pénitence. C'était Auguste qu'on lui re-
traçait sans cesse comme un phénix,
un petit chef-d'œuvre de la nature, et

cela ne pouvait pas le rendre bien aimable à ses yeux.

De son côté, Auguste encensé à la
journée, flatté des complimens qu'on
lui faisait sans cesse, habitué à voir mal-
traiter Charles, le regardait comme un
sot, le méprisait, le traitait aussi rudement, et lui donnait par jour mille
marques de mépris. Fatal aveuglement
de leurs parens, qui ne voyaient pas
qu'ils désunissaient ainsi ces jeunes
gens, et qui ne se doutaient guères du
triste événement que cette désunion devait amener un jour !

Un motif de plus vint, au bout de
quelques années, se joindre encore à
ceux qu'ils avaient déjà de se haïr. Ces
deux jeunes gens comptaient seize ans,
et Rosalie n'en avait que quinze lorsque cette jolie personne fit la plus vive
impression sur les cœurs de Charles et
d'Auguste. L'amour vint diviser plus
que jamais ces deux cœurs, et Charles
adorait sa cousine, tandis qu'Auguste
soupirait en secret après la main de l'ai-

mable fille de l'ami de son père. Rosalie, qui avait déjà des yeux, s'apperçut des tendres sentimens que lui vouaient séparément les deux jeunes gens, et son cœur se déclara pour Auguste, qui joignait aux plus rares talens l'avantage d'être déjà un charmant cavalier. Rien en effet n'était plus joli que la figure d'Auguste : ornée des traits les plus réguliers, c'était vraiment la belle tête de l'Apollon du Belvédère ; grand avec cela, bien fait, ayant la plus jolie jambe, dansant à merveilles, jouant de tous les instrumens, entendant presque aussi bien que son père les travaux de cabinet, il eût fait tourner les têtes de toutes les femmes ; il n'est donc pas étonnant que celle de la jeune Rosalie n'ait pu résister à tant de perfections. Charles n'était pas mal non plus ; mais quelle différence aux yeux de tout le monde !.... par conséquent aux yeux de Rosalie !...

M. d'Apellen remarqua le premier l'inclination réciproque de sa nièce et d'Auguste. Il en parla à son ami Der-

mont, qui trembla d'abord que cette
découverte ne fût nuisible à lui ainsi
qu'à son neveu ; mais M. d'Apellen le
rassura. Mon cher Dermont, lui dit-il,
depuis que vous êtes mon caissier, je
dois la moitié de ma fortune à votre zèle,
à votre intelligence, permettez donc que
cette occasion me mette à même de re-
connaître toutes les obligations que je
vous ai. Auguste aime Rosalie ; il en
est payé de retour, il n'y a rien là que
de très - naturel. Sans doute, ils sont
trop jeunes encore pour les marier ; mais
attendons quelques années, et je me ferai un plaisir d'unir ces jeunes gens en
leur donnant le quart de mon bien ;
alors, je vous associerai tout-à-fait à
mon cabinet ; et, partageant les bénéfi-
ces par moitié, je vois, en vous faisant
ce sort que vous méritez, que j'en lais-
serai toujours assez à mon fils, qui est
bien loin de ressembler au vôtre et de
mériter autant ! .... Ces arrangemens
vous conviennent - ils ? — Mon ami,
vous comblez mes vœux ! — Eh bien,

qu'ils soient secrets entre nous , ces arrangemens qui acquitteront la dette de
l'amitié. Que nos enfans , jusqu'à ce
que nous puissions les effectuer , les
ignorent , pour éviter les persécutions
des deux amis , et la jalousie de Charles
qui , je le crois bien , aurait aussi quelque goût pour sa cousine ; mais . . . . .
— Mon ami , si cela est , je suis désolé . . . — N'y pensez pas , Charles ne
mérite pas ce trésor ; non en vérité , il
ne le mérite pas.

M. d'Apellen se retira , et laissa Dermont livré aux plus douces réflexions.
Quel bonheur pour lui et pour son neveu
d'être entrés dans cette maison ! Encore
quatre à cinq années, et Dermont va être
associé avec le riche banquier dont il
n'est que le caissier ! et Auguste va
épouser la nièce de ce banquier avec
plus de cinquante mille écus de dot !....
Quel bonheur !...

Auguste entra chez son oncle , comme
ce dernier souriait encore de cette brillante perspective. Qu'avez-vous donc ,

mon oncle, lui dit-il, je vous vois bien joyeux ! — Je le suis, je dois l'être, mon ami ; et toi aussi, tu dois bénir le Ciel qui nous a fait faire la connaissance de M. d'Apellen, de ce digne homme ! — Qu'a-t-il donc fait, mon cher oncle ? — Qu'a-t-il fait ? . . . Ne m'interroge pas : il a fait.... ce qu'il fait tous les jours ; c'est-à-dire, qu'il est bon, obligeant, excellent ami surtout ; oh ! excellent ami ! — Vous a t-il parlé de moi ? — De moi, de toi, de nous deux. — Et de.... la belle.... — La belle, que ?... Ne m'interroge pas, te dis-je ; vas, nous serons heureux un jour, et.... plus heureux que tu ne penses !....

Auguste vit, dans ce peu de mots de son oncle, qu'il pourrait espérer d'épouser sa chère Rosalie, et son amour-propre en augmenta de moitié. Il était vif à concevoir ainsi qu'à agir. Il courut trouver Rosalie, et lui fit part de l'espoir qu'il formait de lui donner par la suite le titre de son époux. Rosalie lui répondit

naïvement qu'elle en serait enchantée ;
et, comme l'amour se manifeste et se
déclare dans les jeunes cœurs de la même
manière que chez des êtres plus formés ,
ils convinrent tous deux de ne rien faire
paraître aux yeux de Charles de l'excès de leur joie , et de détourner même
tous les soupçons de ce jeune homme.

Mais le bonheur rend imprudent, indiscret : Auguste et Rosalie ne purent
assez bien déguiser le leur ; ils prirent
même , devant Charles , de légères pri-
vautés qui allumèrent sa jalousie , et
bientôt les deux rivaux se vouèrent une
haine complette qui ne chercha qu'à
éclater.

L'occasion s'en présenta. Un jour, une
dame infirme et valétudinaire engagea M.
d'Apellen à venir passer la soirée chez
elle , à lui amener Rosalie. Le banquier , qui avait des obligations à cette
dame , pria son ami d'avoir la complaisance de l'accompagner , et fit dire à sa
nièce de se tenir prête pour monter en
voiture à sept heures. Rosalie s'habilla ,

se para ; mais au moment de descendre ,
il lui manquait un bouquet. Auguste et
Charles , présens à la fin de sa toilette ,
volent au jardin sans se parler , mais
dans l'intention d'y faire chacun , séparément , le plus beau bouquet possible ;
et c'est Charles qui rentre le premier avec
des œillets , des pensées , etc. Il présente
son bouquet à sa cousine ; elle va l'atta-
cher à son vêtement.... Auguste accourt
tout essoufflé. Rosalie , dit-il , je demande la préférence pour ces trois roses
qui , plus simples que le fatras de fleurs
qu'on vous présente, seront , selon moi,
d'un ton plus décent , et d'un incarnat
plus analogue à celui de votre teint.

Rosalie, sans réflexion , comme agit
une enfant de quinze ans , jette par terre
le bouquet de son cousin , et prend en
souriant les roses d'Auguste. Charles ,
à ce trait de malhonnêteté , devient furieux : il arrache , de la main de Rosalie les roses qu'il met en pièces , et les
broye sous ses pieds avec le dépit d'un
jaloux très-prononcé. Rosalie reste inter-

dite; soudain Auguste, ne se possédant
plus à son tour, applique sur la joue
du pauvre Charles le meilleur des soufflets, qu'il accompagne de mille invec-
tives. Charles va rendre à son rival l'in-
sulte qu'il en a reçue; mais il n'en a
pas le tems : la voix de M. d'Apellen,
qui appelle sa nièce, se fait entendre,
et Rosalie les quitte en les suppliant de
ne point prolonger cette querelle, qu'elle
se reproche bien amèrement d'avoir sus-
citée. Les deux rivaux entendent partir
la voiture qui emmène M. d'Apellen,
Dermont, Rosalie, et ils sont enchantés
d'être seuls. Monsieur, dit Charles à
Auguste, vous agissez en crocheteur;
mais je vous déclare que je ne sais pas
me battre de cette façon. — Qu'est-ce
à dire, Monsieur, replique Auguste?
est-ce que vous desirez que je vous fasse
raison d'une autre manière? à l'épée par
exemple? Vous devez savoir que, mal-
adroit à l'escrime comme à toute autre
chose, je vous aurais bientôt enfilé comme
une mouche ! —Fanfaron ! tu craindrais

de te mesurer avec moi. — Tu me crois lâche ; ah , tu me crois lâche ! Eh bien , pour te le prouver, je consens à me battre... et de quelque manière que tu le voudras ; mais tout de suite , sur-le-champ ; il ne faut pas remettre cette affaire-là à demain , il faut profiter de ce qu'il n'y a ici que des domestiques, qui sont occupés à toute autre chose qu'à nous épier. — Eh bien , j'ai des pistolets , moi , oseras-tu ?... — Si j'oserai !... je vais prendre ceux de mon père , et je ne te demande qu'un instant pour cela ; attends-moi ici.

Auguste, sans savoir ce qu'il fait , sans penser qu'il va tuer peut-être le fils du bienfaiteur de son père, du sien , que c'est violer les lois de l'hospitalité, Auguste court chercher des pistolets , vient rejoindre Charles qui, aussi insensé que lui, est plus furieux que jamais. Ces deux foux descendent au jardin , vont chercher, au fond d'un bosquet, l'endroit le plus sombre, tout cela en s'injuriant ; et, comme ils ignorent les règles de ce genre de combat, comme ils ne savent point à combien de pas on se met, si l'on doit tirer l'un après l'autre, ces enfans tirent leurs coups ensemble et l'un sur l'autre !....

Le bruit qu'ils viennent de faire a justement allarmé les domestiques. Tous s'agitent, et courent sur le lieu du combat, sans se douter que c'est entre leurs jeunes maîtres qu'il a eu lieu. Que deviennent-ils quand ils trouvent là, étendus par terre, Auguste et Charles, tous deux baignés dans leur sang, et incapables de prononcer un seul mot!...

On les emporte, on les met au lit, on court chercher un chirurgien, et c'est dans cet état que M. d'Apellen, Dermont et Rosalie les retrouvent à minuit, à leur retour de chez la vieille dame!... Comme les blessés ne peuvent s'exprimer, c'est Rosalie !... c'est la triste Rosalie qui raconte le cruel événement dont elle devine les suites, et dont elle s'accuse la première... Je ne vous peindrai point la douleur du banquier, ni celle

de Dermont ; elle est inexprimable !
M. d'Apellen sent la haine remplacer
dans son cœur toute l'amitié qu'il avait
pour Dermont. Il l'accable de reproches,
se jette sur son fils, et finit par bannir
pour jamais de sa maison Dermont et
tout ce qui lui appartient. En vain on lui
assure que son fils, ni même son adversaire, ne sont point blessés à mort :
M. d'Apellen est père, il gémit, il pleure,
il maudit le jour où deux étrangers sont
venus porter le trouble dans sa maison,
et Dermont, qui sent trop que ces reproches sont justes, prend le parti de
rentrer chez lui pour s'y occuper de sa
propre douleur.

J'abrégerai maintenant ce triste récit,
dont vous devinez la suite. M. d'Apellen
persista dans son ressentiment, et Dermont, dès qu'Auguste put être transporté
sans danger, quitta la maison du banquier, emmenant avec lui son imprudent
neveu, qui devint aussi laid qu'il avait
été beau. La balle, qui lui avait fracassé
une partie de la mâchoire, lui avait en-

dommagé aussi le nez, l'œil droit, en sorte qu'il resta borgne, couturé, affreux, et parlant même avec beaucoup de difficulté. Pour Charles, blessé beaucoup moins grièvement qu'Auguste, il se rétablit, ne perdit rien de ses traits, et devint, par la suite, l'heureux époux de Rosalie, comme l'unique héritier de M. d'Apellen.

Ainsi, Messieurs, le malheureux Auguste fut puni pour la vie de la plus haute imprudence que puisse commettre un jeune homme. Son extérieur hideux repoussa de lui toutes les jeunes demoiselles ; il ne trouva point à se marier, il détruisit l'espoir, la fortune d'un oncle qui lui avait servi de père, et aujourd'hui ce trop infortuné Dermont, qui n'a jamais pu se consoler de cet événement, est presque à ma charge, ainsi qu'Auguste, son neveu et le mien, Auguste ! qui est maintenant un homme, et qui se repent bien amèrement des folies de sa jeunesse ; mais il n'est plus temps de les réparer, le mal est fait, et l'infortuné

a long - tems à se repentir d'avoir manqué un mariage , une dot de cent cinquante mille livres , et d'avoir fait perdre
à son bienfaiteur une association avec le
plus riche banquier de l'Europe !.. Voilà ,
je le crois , une leçon terrible pour monsieur Henri , pour tous ces jeunes gens!..
Quelque jour , je leur raconterai mes
propres aventures , celles de mon ami ,
que voici , dans lesquelles ils trouveront
des exemples de morale d'une autre nature , mais non moins forts , non moins
utiles pour leur instruction. »

Ainsi parla M. Dermont, et M. d'Arleville remarqua que son récit avait fait
impression sur Henri , qui rougissait ou
pâlissait suivant qu'il pouvait s'en appli-
quer quelques parties. M. d'Arleville
saisit cette occasion pour faire sur le duel
des réflexions que je ne retracerai point
ici à mes lecteurs , attendu qu'elles ne
feraient que leur rappeler tout ce que des
écrivains judicieux et philanthropes ont
écrit déjà contre cette funeste manie de
s'entredétruire. M. d'Arleville ajouta à

ses raisonnemens les plus graves reproches qu'il adressa à son fils aîné ; et, sentant que cet intéressant sujet commençait à devenir un homme , il se promit bien tout bas de le surveillèr, de l'accompagner par-tout, d'en faire, en un mot, son meilleur ami, récompense première et tant attendue des soins qu'il s'était donnés depuis si long-tems pour l'éducation de ses enfans.

Il fut convenu ensuite que la journée du lendemain serait employée en visites de remercîmens chez les juges , procureurs, avocats, chez tous ceux qui avaient contribué à faire gagner à la famille d'Arleville le plus important des procès , et le départ de Paris , pour retourner à la Chartreuse , fut fixé au surlendemain.

. MM. Dermont et Villers prirent ensuite congé de M. et de madame d'Arleville qui , reconnaissans du service signalé que leur avaient rendu ces hommes honnêtes , leur firent promettre de venir le plutôt possible les visiter à Roseville.

Ainsi se termina cette journée, qui avait commencé sous les plus malheureux auspices, et qui avait manqué d'être bien funeste, de toutes les manières, à tous nos amis !

Le. JOURNÉE.

PERSONNAGES.

LE SAGE PHILBERT.

Tony, Eugène, Fanfan, Charlet, Adrienne et Mimi.

PENDANT que tous ces évènemens se passaient à Paris, le sage Philbert, resté seul à la Chartreuse avec les plus petits enfans de son fils, attendait, plongé dans la plus mortelle inquiétude, des nouvelles du procès. Le jour même où M. d'Arleville lui avait mandé qu'on devait le juger, le sage Philbert avait dîné de bonne heure et très-lestement ; car on pense bien qu'un vieillard et des enfans ne tiennent ni une table, ni une maison, avec la même somptuosité que lorsque les maîtres y sont avec leurs jeunes gens. Ce jour-là, dis-je, il était d'une tristesse affreuse, et, pensant au chagrin qu'éprouveraient son fils et sa bru s'ils perdaient leur affaire, il se faisait des idées lugubres de pleurs, de regrets, de gémissemens, de mort même. La cloche fêlée de l'église du village sonnait un tintement de mort ; on lui dit que c'était le vieux vigneron du carrefour des trois Ruelles qui était décédé la veille, et qu'on allait enterrer. Ce vieux vigneron était justement de l'âge de Philbert ; ce bon père s'affligea, et craignit de ne pouvoir survivre à la ruine de ses enfans, si elle s'opérait par les injustes prétentions de Monvil. Ah, bon papa, s'écria Tony, en accourant vers lui ! qu'est-ce que c'est donc que ce spectacle que tout le village va voir à l'auberge du Bœuf couronné ? — Quel spectacle, mon ami ? — Oui, papa. C'est un homme, un physicien à ce qu'il dit, qui passe par ici pour aller plus loin sans doute, et qui a établi ce spectacle-là dans une chambre de l'auberge, où il va le faire voir aujourd'hui seulement,

- VI.   8

moyennant six sols par personne, cela
n'est pas cher. — Mais encore, qu'est-
ce que c'est? — Dame, je n'en sais
rien, moi, bon papa, il appelle cela Enfant... Comment donc, Fantas?... Non,
ce n'est pas cela..... Fantasquerie.... Je
sais bien qu'il y a du fantasque, dans
ce mot-là. — Que montre-t-il? —
Des morts, mon bon papa, des revenans, des ombres. Le voisin Pierre disait là-bas au jardinier qu'il venait de
voir cela, que c'était superbe, que l'on
y montrait des spectres tout blancs. Il
a bien nommé ce spectacle, comme qui
dirait fantas...mo...rie, mais je n'ai pu
retenir ce grand nom-là. — Ah, je vois
ce que c'est, c'est la fantasmagorie,
n'est-ce pas? — Oui, mon bon papa.
Voilà comme on l'appelle, fantas.... tu
dis? — Fanstasmagorie. — Oui, c'est la
fantasmagorie. Ah, fais-nous donc voir
cela, je t'en prie? — Je le veux bien.
D'ailleurs, je ne suis pas gai du tout aujourd'hui, je cherche avec plaisir les oc-
casions de nourrir ma misanthropie,

celle-ci est favorable. Appelle tes frères et petits cousins. — Oui, papa, je vais les appeler.... Mais est-ce que tu crois que ce sont vraiment des revenans que cet homme-là montre? A la bonne heure pour des enfans d'avoir cette crédulité; mais toi qui es une grande personne et un vieux homme, tu ne peux pas donner dans cette erreur. — A-coup-sûr, je n'y donne pas, mon ami, je sais ce que c'est, et je vous l'expliquerai quand vous l'aurez vu; mais quand l'illusion est complette, cela n'en jette pas moins dans l'âme une profonde mélancolie. Appelle tes frères, te dis-je? — Oh, bien volontiers, bon papa. (*Et il appelle*) Eugène? Adrienne? Fanfan? Mimi? Charlet?

Eugène, Adrienne, Fanfan, Mimi et Charlet se présentent bien vite, et lorsque Tony les a mis au courant de ce qu'on va faire, tous sautent de joie d'aller voir des ombres, car l'enfance aime tout ce qui l'effraie, tout ce qui surpasse son entendement. « Ah çà, leur dit le bon papa Philbert à qui Eugène donne

8.

son grand chapeau et sa longue canne,
ah ça, vous n'aurez pas peur, vous me
le promettez ? — Ah bien oui, peur,
s'écrient tous les enfans, est-ce que
nous ne sommes pas raisonnables donc?
— Eh puis, ajoute Charlet, ces spec-
tres-là sont enchaînés avec de grosses
chaînes, n'est-ce pas, bon papa ; on
les empêche de faire du mal ? — Oh que
oui, vas, sois tranquille, ces spectres-
là sont les meilleures gens du monde ! »

La petite bande joyeuse sautille en
marchant devant le sage Philbert, qui
s'appuie d'une main sur sa canne, et de
l'autre sur l'épaule de Tony qui est son
bâton de vieillesse et le garçon le plus raisonnable, quoiqu'il n'ait pas encore huit
ans et demi. Tout cela arrive à l'auberge
du Bœuf couronné où il y a foule pour
voir les ombres. Nos amis y entrent cependant sans obstacle, se placent commodément, et bientôt on ferme les croisées,
on éteint deux méchans bouts de chan-
delle qui brûlaient devant une espèce de
rideau noir, et tout le monde se trouve

dans l'obscurité la plus profonde. Ces
préparatifs glacent de quelque effroi nos
petits curieux qui se serrent auprès de
leur aïeul, se pressent et se disent tout
bas : « Es-tu là, Tony ? — Oui, et toi,
Charlet ? — A côté d'Adrienne. — Oh,
mon Dieu, que c'est noir ! — On me
pousse, est-ce toi Charlet ? — Non, c'est
peut-être déjà un revenant qu'on lâche
dans la chambre. — Non, non, mes
enfans, répond Philbert ; quand les ombres paraîtront, vous les verrez assez,
elles seront toutes lumineuses. — Tout
en feu, n'est-ce pas, papa ? ah, que
ça sera curieux à voir ! »

Mes lecteurs se doutent bien que le
fantasmagorien du village ne pouvait
pas être un homme bien habile. Il prenait six sous à ses premières places,
quatre sous aux secondes, deux sous
aux troisièmes, et il en donnait aux
spectateurs pour leur argent ; c'est-à-dire
que son spectacle durait une demi-heure
au plus, qu'il faisait voir trois ou quatre
ombres fort mal dessinées, et que pour
donner à tout cela un ton lugubre, il

battait avec un morceau de fer sur une
méchante casserolle de cuivre, derrière
son rideau, et pour imiter l'harmonica
ou le tamtam chinois. Nos enfans, qui
s'attendaient à éprouver une grande terreur, n'eurent pas peur du tout, et s'é-
tonnèrent même, quand tout fut fini,
que ce fût si peu de chose. « C'est cela,
dit Tony ? il appelle cela des ombres ;
mais ce ne sont que des transparens derrière lesquels il y a une lumière, n'est-
ce pas, bon papa ? — Non, mon ami,
ce n'est pas tout-à-fait comme tu le dis.
Tu vois bien que l'objet diminue ou
s'aggrandit à volonté ; il faut donc qu'il
y ait quelque chose qui l'éloigne ou
le rapproche ainsi sans lui faire perdre de ses formes, et c'est tout uniment
une boîte d'optique, une espèce de lanterne magique renversée. Quand nous
serons à la maison, je te ferai lire la
description de cette machine dans les
ouvrages du père Kirker, qui sont dans
la bibliothèque de ton père. Eh bien,
mes petits amis, vous n'avez pas eu peur ?
— Ah, pas du tout papa, répondirent

les enfans, nous nous attendions à toute
autre chose. Pour moi, ajoute Charlet,
ce qui m'a le plus ému, il faut que j'en
convienne, c'est ce squelette qui grandissait, grandissait, et semblait s'avancer vers nous en battant sur un tambour.
C'est qu'on entendait le bruit de son
tambour, vraiment ! Est-ce que c'était
lui, papa ? — Eh non, petit imbécile.
On fait remuer le bras du squelette, et,
à chacun de ses mouvemens, il y a un
homme qui donne un coup sur un tambour véritable. — Ah, j'entends ; cela
n'empêche pas que je n'aie éprouvé quelque chose - là, dans le cœur..... mais
c'est trop court, ce spectacle-là. —Quand
j'irai à Paris, mes enfans, et cela sera
bientôt, car il faut que je m'y rende moi-
même pour toucher certaine rente, je
vous emmenerai avec moi, et je vous
ferai voir une autre fantasmagorie plus
belle, plus grande, plus imposante que
celle-ci, et qui vous fera plus d'impression : c'est chez M. Robertson, homme
actif, physicien éclairé, plein de goût

et d'intelligence. Tout Paris y court,
la meilleure société s'y réunit, et les
étrangers eux-mêmes s'empressent d'aller voir la fantasmagorie de Robertson.
Oh, là, vous aurez peur, je vous en
réponds. — Bah, à présent que nous
savons que c'est une lanterne magique.
—Pas tout-à-fait; mais, quelle que soit
cette machine, vous sentez bien qu'il y
a manière de l'employer, d'en tirer
parti, et c'est ce que M. Robertson entend à merveille.... mais il fait encore
jour. Allons-nous rentrer? — Ah, pas
tout de suite, papa. Ecoute, pendant
que nous sommes en train de voir des
morts, des squelettes, mène-nous donc
où tu nous a promis, il y a quelque
tems, de nous conduire? — Où, mon
petit Tony? — Au grand cimetière, tu
sais bien, papa? nous en sommes à deux
pas. Tu nous as dit qu'il y a là des tombeaux, des épitaphes, que sais-je moi?

Le sage Philbert ne put s'empêcher
de sourire de la nature de la curiosité
d'aussi petits enfans. Desirer voir un

cimetière, se dit-il! à cet âge tendre!...
Ils ont raison! à peine entrés dans la
vie, ils sont encore si éloignés de la
mort, qu'ils peuvent la contempler sans
effroi.... mais moi.... moi! et que crain-
drais-je à visiter cet asyle du repos général? suis-je moins philosophe que ces
enfans? et, après avoir fourni une aussi
longue carrière, puis-je m'effrayer à l'aspect du champ funèbre où bientôt?.....

« Tu ne réponds pas, bon papa, dit
Adrienne, est-ce que tu nous refuserais?
ou bien craindrais-tu que ce tableau-là
fût trop triste pour une jeune fille? oh,
j'ai du courage, vas! — Je le sais, mes
enfans, et puisque vous desirez faire
cette triste promenade, j'y consens;
mais si je vois pâlir seulement l'un de
vous, je vous ramène tous. — Nous y
consentons. Pardi, après avoir vu ces
squelettes éclairés de tout-à-l'heure,
nous pouvons bien en voir de véritables!
— Oh, vous ne les verrez pas, on ne
les laisse pas-là à découvert. Le respect
qu'on a pour les restes sacrés de l'homme

qui n'est plus , exige qu'on les couvre
de terre , qu'on les voile aux regards in-
discrets des curieux. Mais , marchons.

Tout en s'entretenant ainsi , de choses
fort sombres , comme il est aisé de le
deviner , on arriva au cimetière. Le jour
commençait à baisser, on pouvait encore
distinguer les objets , lire même les épitaphes ; mais tout annonçait une des plus
belles soirées de la fin du printems , et
la pleine lune se levait déjà majestueuse-
ment derrière la grande colline qui bor-
nait le village du côté du midi : l'heure ,
le silence , tout était favorable à ce genre
de visite , tout était propre à frapper de
jeunes cerveaux comme ceux de nos
amis.

On entre dans ce vaste cimetière qui
est fermé de murs , mais dont les gar-
diens ne refusent jamais d'ouvrir la porte
à ceux qui desirent le visiter. Le premier
objet qui frappe la vue de nos enfans est
un petit monument élevé à l'entrée. C'est
le tombeau d'un infortuné fort riche ,
mais qui , ayant à peine atteint son hui-

tième lustre, a été mordu, à sa campagne, par un chien enragé, est mort
enfin de l'affreuse hydrophobie au milieu de sa famille désolée. Une épouse
tendre et fidèle lui a érigé ce mausolée,
simple sans doute, mais chargé de vers,
d'inscriptions, qui par-tout désignent sa
douleur et les vertus de celui qu'elle
pleurera toute sa vie ! Pauvre homme,
dit Tony, mourir si jeune et d'une manière aussi cruelle ! — Et cette veuve si
estimable, interrompt Adrienne, qui
lui élève ce monument ! — J'en ferais
bien autant, dit la petite Mimi, si un
jour je me mariais et que je perdisse mon
mari ! — Il est là-dessous, reprit Eugène ? — Certainement, répond Philbert, il est là-dessous l'infortuné, et il
repose ! — Pour long-tems ! »

C'est encore Mimi qui ajoute cette
réflexion, et elle soupire !

Allons là-bas, replique Philbert.
Voyez-vous toutes ces petites pierres
qui s'élèvent ? Ce sont des inscriptions
que chacun a mises sur le tombeau d'un

parent ou d'un ami. Voyez-vous cette pierre sépulcrale ? elle est entourée de quatre cyprès funèbres. On a écrit dessus ?

Le vieillard met ses lunettes et lit : *Ici repose une mère chérie ! Veuve dans son printems, elle ne put survivre à la perte d'un époux adoré ! Au nom de ses quatre petits enfans, orphelins, priez Dieu pour l'âme de Rose-Aimée Dupré !* Pauvre mère ! — Et pauvres enfans, dit Charlet ! Ils sont plus à plaindre qu'elle ! — J'aime ta réflexion, mon ami. Embrasse-moi ?

Charlet embrasse le bon papa, et l'on continue de lire les épitaphes. L'une dit : *Cy-git le meilleur des époux, priez Dieu pour lui !* l'autre : *La mort a moissonné l'ami des pauvres et des infortunés. Requiescat in pace !* Une autre pierre retrace une rose fanée, que semble avoir détruit le souffle d'un Borée furieux qu'on voit dans un nuage. Au bas de cette allégorie, on lit : *Elle n'a vécu qu'un matin, cette belle Adélaïde !* Enfin, par-tout et de tous les côtés,

des inscriptions lapidaires frappent les
yeux de nos amis, et bientôt l'obscurité,
qui s'étend sur toute la nature, ne permet plus de les lire. La lune éclaire seulement cet asyle funèbre, et sa clarté,
divergée différemment sur les mausolées,
les buttes, les tombes plus ou moins
élevées, forme des ombres aussi pitto-
resque à l'œil que touchantes pour l'âme.
L'aquilon silencieux semble respecter ce
champ de la mort; zéphire lui-même
s'en éloigne, et craindrait d'agiter une
seule feuille des arbres qui le décorent,
des cyprès qui forment là une espèce de
forêt. Eh bien, dit le sage Philbert,
vous avez voulu voir cela, mes enfans,
et vous payez votre curiosité par votre
effroi, votre stupeur et les tristes réflexions qui paraissent vous agiter. —
Oh, bon papa, s'écrie Tony, en effet,
c'est bien triste ! — Je le crois ! Quand
on pense qu'à deux pas de nous, nous
entendons le bruit de la nature animée,
et qu'ici nous avons le tableau de la nature plongée dans le sommeil de la mort !

V I.

quand on se rappelle que sous nos pieds
sont des milliers d'individus, qui n'a-
guères existaient, et qui sont livrés
maintenant à la destruction ! Ici plus de
passions, plus de desirs, plus de vie !
L'ennemi repose à côté de son ennemi ;
les amans les plus passionnés, les époux
les plus tendres sont là insensibles les
uns près des autres. Tous ces individus se
sont agités, ils ont eu des passions, des
haines, des jalousies, des rivalités. Les
uns se sont ruiné la santé pour amasser
une fortune qu'ils ont laissée ; les autres
ont fait jouer mille intrigues pour satisfaire
une ambition démesurée. Les plus belles
femmes sont là auprès de ceux à qui
elles faisaient tourner la tête. La beauté,
les talens, tout se confond dans cet abîme
de l'éternité, où les siècles roulent eux-
mêmes, se précipitent, entraînent avec
eux les générations, qui, semblables à
ces fourmillières que nous voyons dans
nos jardins, paraissent, disparais-
sent, et finissent par être écrasées par
la main pesante du tems qui détruit,

qui renouvelle tout, et détruit encore,
pour recréer de nouveau !..... Mais je
m'apperçois que je vous fais là des réflexions trop au - dessus de votre âge,
de votre conception. —Oh, parle, papa,
parle, je t'en prie, nous comprenons bien
tout ce que tu nous dis là, vas. ——
Oui, vous le comprenez ; mais heureusement pour vous, cela ne vous affecte
pas. Vous entrez dans une carrière que
je vais abandonner, et bientôt... je vien-
drai m'unir ici aux êtres qui m'ont
précédé dans la vie.... Le jour, l'heure,
tout cela m'est inconnu ; mais tout cela
peut être dans un an, dans quelques
mois, demain, que sais-je ? à l'heure
même où je vous parle !.... Mes yeux
cherchent déjà la place qui doit recevoir
ma froide dépouille. Serai-je là ou là ?
Quel est l'individu à côté duquel je dois
me trouver ? Est-il ici déjà ; m'attend-
il dans les entrailles de cette terre ? ou
bien, est-il encore dans la société, plein
d'existence, tel que je le suis ? Passe-
t-il souvent auprès de moi, sans se dou-

ter qu'un jour nous serons voisins dans
cet asyle du trépas ? Quel qu'il soit, ami
ou ennemi, nous devons pourrir ensemble, et nous surcharger du poids de nos
corps inanimés !... Oh, mes enfans !
quand vous m'aurez perdu, venez,
venez souvent.... — Eh bien, interrompt
Tony, les larmes aux yeux, à quelles
réflexions se livre donc là notre bon
papa ! Comment? c'est lui qui nous re-
commandait tantôt de la fermeté dans la
visite que nous voulions faire ici, et il
est le premier qui en manque, qui nous
donne l'exemple de la faiblesse, j'oserai le dire ! Ah, bon papa, ne pensons
plus à tout cela, et partons ; oui, partons, et sur - le - champ. Mes frères,
emmenons-le ?

Tony a dit ce *mes frères*, *emmenons-
le*, d'un air de dignité, comme un
homme qui en verrait un autre perdre
connaissance, et s'apprêterait à le prendre dans ses bras pour l'emporter. Ce
ton raisonnable fit un peu diversion à la
mélancolie du bon vieillard, qui sentit

en effet qu'il avait tort de s'y livrer, et que ce spectacle était trop douloureux pour lui. Oui, je le veux bien, mes enfans, dit-il, partons ; mais n'attribuez pas à la faiblesse une morale trop vraie que je vous ai débitée, et qu'inspire toujours à tout être pensant la vue des tombeaux, l'aspect de la destruction !

Le sage Philbert et ses enfans avaient besoin que quelque heureux événement vînt faire distraction à leur tristesse, et le sort leur envoyât ce bonheur. Comme ils retournaient tous en silence à la Chartreuse, ils virent venir à eux Colas, le garçon jardinier qui s'écria de loin : Eh, venez donc, monsieur Philbert ? Je vous cherche par-tout, pour vous remettre une lettre qui arrive de Paris par un exprès, et que Mademoiselle Marion a dit qui était très-pressée : c'est de Monsieur.

De mon fils, s'écrie Philbert ! C'est sans doute l'issue de son procès qu'il m'apprend ; oh Dieu, dans quelle inquiétude je suis ! Et point de lumière ici, pour lire cette lettre qui dissiperait

peut-être mes terreurs ! Mes terreurs,
elles sont fondées ; car un secret pressentiment m'avertit qu'il a perdu son procès.
Crois - tu , bon papa , dit Adrienne ?
— Pour moi , je ne le pense pas , ajouta
Tony ; et voici la raison que j'en donne.
Si mon père avait perdu ce procès , il
ne s'empresserait pas de vous l'apprendre,
bon papa ; il se serait dit : une mauvaise
nouvelle se sait toujours trop tôt ; et il
aurait attendu à demain , à son retour ;
mais il l'a gagné , et il se dépêche de
vous le faire savoir par un exprès. —
Ta réflexion est juste, mon ami ; j'ad-
mire ta sagacité ; mais si ce soupçon est
vraisemblable , ce n'est toujours qu'un
soupçon ; et comment nous en convain-
crons-nous , avant d'arriver à la Chartreuse , où il y a loin encore ?... C'est
que , vraiment, je meurs d'inquiétude.
— Attends , attends , bon papa , interrompt Eugène , je vais la dissiper , moi.
Tu sais que j'ai des yeux de lynx ? Dé-
cachète la lettre ; à la clarté de la lune,
je verrai bien quelques mots qui pour-

ront.... — Non, mon ami, cela te ferait trop de mal aux yeux ! — Bah, bah.... Un mot seulement ? Décachete, te dis-je, — Eh bien, voyons.

Le vieillard rompt le cachet, et Eugène, s'arrêtant, lit assez couramment ces premières lignes : « *Je m'empresse de vous apprendre, mon père, que ce procès, si injuste, si long.... je viens de le gagner, et que....*

Il l'a gagné !... Tel est le cri général. Le sage Philbert ajoute : C'est assez, mon ami, c'est assez : le reste, nous le lirons à la maison. Nous savons maintenant tout ce que nous desirions savoir. Il l'a gagné ! Dieu soit loué ! Il y a donc encore de la justice dans le monde, et les méchans ne triomphent donc pas tous les jours !...

On s'entretint en route de cet heureux événement, et l'on rentra à la Chartreuse où le sage Philbert apprit, en achevant la lecture de la lettre, que son fils, sa bru et tous ses autres petits-enfans arriveraient le sur-lendemain,

pour dîner à Roseville. Je peindrais mal
la joie du vieillard , de sa famille. Les
spectres , les tombeaux , les réflexions
philosophiques , tout fut oublié ; on
soupa gaîment , et l'on ne pensa plus
qu'au bonheur de revoir bientôt , heureux et contens, des parens qu'on chérissait tendrement.

~~~~~~~~~~~~~~~~~~~~~~~~~~~~~~~~~~~~~~~

L Ie. JOURNÉE.

PERSONNAGES.

MARION DESVIGNES, UN ÉTRANGER,

Tony, Mimi, Fanfan, Adrienne, Eugène et Charlet.

LE sage Philbert, au comble du bonheur de voir son fils débarrassé d'un procès ruineux, pensa toute la nuit à faire une petite fête pour le retour de monsieur et de madame d'Arleville, et des jeunes gens qu'ils avaient emmenés avec eux à Paris. Le lendemain, le vieillard communiqua ses idées à Marion Desvignes, au jardinier Germain, et chacun, même des plus petits enfans, se mit à travailler aux préparatifs de cette petite fête de famille, dont nous verrons plus loin la description. La journée n'était pas trop longue pour préparer tout; car on avait de grands projets : aussi s'y livra - t - on de tout cœur et avec la plus grande activité. On avait besoin d'un peintre pour faire des chiffres, des emblèmes, des allégories ; il fallait en même temps que ce peintre eût le talent de sculpter, de mouler, de modeler. Le jardinier Germain amena, à cet effet, un jeune homme de trente-quatre ans à-peu-près, très-habile artiste dans plusieurs genres, et qui était venu passer quelques jours avec sa femme et ses enfans, à un petit logement champêtre qu'il possédait à deux pas de la Chartreuse. Derbin, c'était le nom de cet artiste, comptait s'y reposer de ses travaux dans le sein de sa famille ; mais Germain qui faisait son petit jardin, Germain qui le connaissait pour un homme moral, doux, honnête, obligeant, l'avait retiré de son oisiveté, en le priant de contribuer, par ses talens, à une fête touchante donnée par une bonne famille ; et Derbin avait consenti à travailler ; ensorte que Germain l'avait mis en réquisition pour deux jours entiers.

Pendant que le sage Philbert s'enferme seul dans son cabinet, pour y rappeler le talent qu'il eut autrefois de faire des vers, pour composer en un mot des devises, des couplets peut-être, le peintre Derbin est en bas dans la grande salle d'études, où il travaille entouré de Marion Desvignes, de Tony, de Mimi, Fanfan, Adrienne, Eugénie et Charlet, qui s'occupent aussi à diverses choses, suivant leur âge et leurs moyens. En travaillant on jase, et la bonne Marion Desvignes n'est pas femme à laisser échapper une occasion de causer. Elle dit donc au peintre, et cela pour entamer la conversation : Vous avez-là un beau talent, monsieur Derbin ! — Ah ! madame, comme çela. — Et qui doit vous rapporter beaucoup d'argent ? — Oui, en m'occupant, je puis sans doute élever ma famille. — Elle est nombreuse, votre famille ? — Quatre enfans et une épouse que j'adore, dont je suis tendrement aimé. — C'est bien estimable. — C'est ce qui doit être. — Je ne m'étonne pas que vous ayez acheté une maison de campagne. — Dites un pied-à-terre. — C'est que cela ne se voit pas communément parmi les peintres. — Il est vrai que notre état n'est pas souvent très-favorisé de la fortune. Eh bien ! madame, je suis assez à mon aise, et je serais plus riche encore, si je n'avais pas fait des folies, ah ! — Vous, des folies ! vous ne paraissez pas homme à faire des folies ? — J'ai payé mon tribut tout comme un autre, et pis qu'un autre, ma chère dame ; si je vous racontais mon histoire, vous verriez.... — Ah ! dites-nous cela, en grâce ? Contez-nous votre histoire ; cela ne nous empêchera pas de travailler, non plus que vous, n'est-ce pas ? — Oh ! mon dieu non ; je puis parler tout en peignant, et vous faire l'aveu d'une faute ; mais je l'ai expiée, grâce à la plus tendre, à la plus vertueuse des épouses, et maintenant, j'ose le dire, je suis un homme raisonnable. Mais je ne l'ai point toujours été ; écoutez-moi.

Marion, les enfans, tout prête si-

L'Epreuve Conjugale.

Fête de Famille.

lence à Derbin , qui prend la parole en ces termes.

L'EPREUVE CONJUGALE.

« Je suis le fils d'un simple peintre en bâtimens , qui , amoureux de l'art da la peinture , et desirant faire de son fils un artiste plus habile que lui , m'envoya de bonne heure aux écoles de dessin , dans l'espoir de faire de moi un Raphaël ou un Poussin. Loin de suivre l'exemple de mes petits camarades , qui tous jouaient et ne faisaient rien , je me livrai au travail , à l'étude , et je fis des progrès assez rapides pour que mon père crût que son attente serait justifiée par la suite , et me prodiguât tous les éloges , tous les encouragemens que méritait mon émulation. A chaque prix que j'obtenais il me donnait une montre , un habit neuf , un cadeau quelconque. Vous sentez bien qu'à l'amour du travail , qui était naturel chez moi , se joignait le desir de briller par les présens de mon père , et je redoublais de zèle.

J'aurais peut-être fait un artiste au-
dessus de ce qu'était mon père et de ce
que je suis aujourd'hui, si je n'eusse pas
eu le malheur de perdre trop tôt ce père
chéri. J'avais dix-huit ans lorsqu'il mourut, et depuis long-tems privé de ma
mère, orphelin alors, sans parens, sans
appui, je sentis que je ne pouvais suivre
la carrière dans laquelle il m'avait lancé.
Il me fallait vivre, et ce n'était pas avec
des études de tableaux d'histoire que je
pouvais me flatter d'exister. J'aurais bien
pu faire quelques portraits par-ci par-là;
mais sans un talent transcendant et sans
une réputation méritée, je ne pouvais
me flatter de faire une fortune, quelque
petite qu'elle fût, dans cette partie. Je
me décidai donc à voir les pratiques
de mon père, et à suivre tout bonne-
ment son état. Des architectes, des
entrepreneurs de bâtimens qui l'occu-
paient, voulurent bien me continuer la
même bienveillance, et je quittai la palette, les pinceaux, pour la brosse et le
sceau à la colle. L'expérience me prouva

que j'avais très-bien fait. Je gagnais de l'argent, je travaillais comme un cheval, et dans mes momens de loisir je reprenais ma palette pour m'entretenir la main. Cela, madame, a fait que j'ai appris mille choses utiles dans mon état, et qu'aujourd'hui je ne serais pas plus embarrassé de peindre des dessus de porte, des vues, des perspectives, que de blanchir un panneau, ou de faire des moulures ; mais laissons cela pour revenir à mes aventures.

J'avais vingt-deux ans, et je ne pensais encore ni à l'amour, ni au mariage, je ne songeais qu'à mes travaux, et je me flattais de jouir long-tems de cette sécurité, lorsque le sort, qui voulait me persécuter et me favoriser sans doute en même tems, vint m'avertir que j'avais un cœur tout comme un autre, et que j'étais appelé à l'état heureux d'époux et de père.

Un maître maçon, homme assez lourd, commun, mais bon et jouissant d'une fortune honnête qu'il devait à son acti-

vité ; car il avait commencé par être ma-
nœuvre : c'est vous dire assez quelle
était son éducation et le ton qu'il pouvait avoir ; un maître maçon donc ,
nommé Jacquenot , avait une fille et
une nièce qu'il élevait en même tems.
Cette nièce , qu'on appelait Charline ,
nom assez usité dans l'Auvergne qui
avait vu naître cette famille , était jolie
comme un ange, douce , modeste comme
l'innocence même. Elle avait , presque
dès sa naissance , perdu les auteurs de
ses jours , et M. Jacquenot prenait soin
d'elle comme d'une seconde fille que le
ciel lui aurait donnée. Monsieur Jacquenot était lourd ainsi que je vous l'ai
déjà dit ; mais il aimait les arts , et il
avait donné des maîtres à ses deux demoiselles. Elles apprenaient la langue
française , la danse , la musique , et
Charline faisait, dans toutes ces sciences,
beaucoup plus de progrès que sa cousine
Marie , qui , née d'un sang épais , était
aussi gauche, aussi laide , aussi dénuée
d'intelligence , que Charline avait d'at-

traits et de dispositions à tout. Les rapides progrès de Charline contrariaient
M. Jacquenot qui aurait bien voulu que
sa fille en fît autant ; il grondait sans
cesse la pauvre Marie , et se proposait
de se débarrasser le plutôt possible de sa
nièce en la mariant au premier venu.

Mais ce premier venu n'arrivait pas ,
parce que Charline n'avait ni dot , ni
biens, ni espoir d'héritage. M. Jacquenot ayant une fille , il était tout naturel
de penser qu'il lui laisserait sa fortune ;
et, par un effet de la cupidité des hommes qui consultent peu les attraits et les
talens , la laide Marie avait des adora-
rateurs , tandis que personne ne faisait
attention à la pauvre Charline.

Charline avait dix - neuf ans ; tout
faisait craindre qu'elle ne restât long-
tems fille , lorsqu'il se présenta un com-
pagnon serrurier qui , pour avoir des ouvrages par la protection de M. Jacquenot , lui proposa d'épouser sa nièce sans
dot. Vous jugez que cette proposition
flatta beaucoup M. Jacquenot qui esti-

mait plus un ouvrier que tous les artis-
tes du monde. Robelot, ainsi s'appelait
le serrurier, fut agréé de l'oncle, mais
il ne le fut nullement de la nièce, qui,
née avec des sentimens au-dessus de son
état, gémit et pleura amèrement de se
voir sacrifiée à un homme aussi commun. Elle eut le courage de le refuser.
L'oncle insista, menaça d'abandonner la
jeune personne, et elle demanda, pour
se décider, trois mois qui lui furent ac-
cordés. Je connaissais ce Robelot que
j'avais vu travailler dans plusieurs bâtimens où j'étais occupé pour ma partie.
Un jour, il me dit en riant qu'il allait
se marier, épouser la plus belle personne
de l'univers. Il me fit le portrait de Charline Jacquenot ; et moi, par pure curiosité, je l'engageai à me faire voir sa prétendue. Rien n'était plus facile. Il m'emmène un jour, sous prétexte de quelques ouvrages, chez le bon Jacquenot,
et je vois Charline, je vois !... un ange
de beauté, de douceur et d'amabilité !...
La voir, l'aimer, tout cela, comme on

dit dans les romans, fut pour moi l'ouvrage d'un moment ; et, comme on ne
peut douter qu'il n'y ait des sympathies,
je ne tardai pas, au bout de quelques
visites, à voir que j'avais fait à mon
tour sur son cœur sensible la plus
profonde impression. Je me mis bien
vite en rapport d'affaires avec le cher on-
clé, et cela me procura le bonheur de
voir tous les jours ma belle Charline ;
mais, nés timides tous les deux, nous
nous contentions de nous regarder, de
soupirer, ou de nous dire de ces demi-
mots insignifians pour les étrangers,
mais si expressifs pour deux amans qui
s'entendent, et qui voudraient se communiquer leurs sentimens réciproques !

Le hasard nous offrit un moyen d'explication. Un jour, c'était la fête de son
oncle, qui se nommait Jean, oui, Jean
tout court ; j'avais fait ce jour-là, comme
je le fais ici aujourd'hui, des transparens, des devises, des décors dans le
petit jardin de M. Jacquenot, et ses
deux demoiselles m'avaient invité à cette

fête de la tendresse filiale pour l'une,
et de la reconnaissance pour l'autre.
M. Jacquenot parut bien aise de me
voir, et sensible aux soins de ses demoiselles, ainsi qu'aux peines que je
m'étais données pour les seconder. On
se mit à table ; il y avait - là des char-
pentiers, des menuisiers, des serruriers,
Robelot par conséquent, tous gens de
bâtimens, fort estimable d'ailleurs, mais
qui m'intéressaient fort peu. Placé près
de Charline, je n'aurais pas cédé ma place
pour un empire, et il me paraissait impossible de m'esquiver au dessert : néanmoins, pendant que nos bons ouvriers
sablaient le champagne, que toutes les
faces des convives se coloraient du feu du
bon vin ; pendant qu'on parlait, qu'on
riait, qu'on criait sans s'entendre, Charline descendit au jardin pour y surveil-
ler quelques préparatifs de pétards, et
je la suivis sans que personne, Robelot
lui-même, s'apperçût de notre absence.

Je vous ai déjà dit que j'étais alors
fort timide. Je m'approchai de Charline,

et je lui dis , pour commencer une conversation qui m'embarrassait : Ah , mademoiselle , quel beau jour ! — Oui ,
monsieur Derbin , en effet.... Mais vous
m'avez donc suivie ? Oui , oh , oui , mademoiselle , je vous suivrais par - tout.
— Et là-haut !... si mon oncle , ma cousine , ou ce monsieur Robelot , s'apperce-
vaient de notre absence ; qu'est-ce qu'on
dirait , hein ?—On dira , mademoiselle...
on dira que, depuis long-tems, oh! bien
long-tems , j'avais une confidence à vous
faire , et que j'ai saisi cette occasion.
— Ah, ah, vous avez une confidence à
me faire ? Qu'est-ce que c'est donc, monsieur Derbin ? —— Mademoiselle Charline...—En effet, depuis quelque-tems,
je vous trouve triste, soucieux.... Est-ce
que vous auriez du chagrin , monsieur
Derbin ? — Du chagrin ? C'est vrai, j'en
ai beaucoup. —— Eh bien , versez-le dans
mon sein, ce secret qui vous pèse ? Est-ce
que je ne suis pas votre meilleure amie ?
— Je n'ose pas le croire, mademoiselle
Charline ! —— (*Elle rougit*). J'ai dit-là...

un mot qui vous paraîtra peut-être bien familier, monsieur Derbin... Mais votre amie ! Ah , sans doute vous en avez une autre plus.... précieuse... plus chère que moi ; et qui sait déjà ce secret que vous vouliez me confier aussi ? — Oui... oui , mademoiselle... j'aime quelqu'un, oui , je l'adore ! Et ce quelqu'un - là ne sait rien , oh, pas plus que vous , de l'état de mon cœur. — Bon ! c'est un secret de cœur que vous gardez comme cela ? C'est de l'amour , n'est-ce pas ? — C'est de l'a-mour, comme vous dites , et pour une personne...—Qui ne le mérite peut-être pas ; car les jeunes gens les plus estima-bles font souvent des choix ! Et, quand il n'y a qu'une seule femme sur la terre capable de les refuser, assez aveugle pour ne pas distinguer leur mérite, c'est tou-jours à cette femme-là qu'ils s'adressent ! — Ah , vous pensez qu'il y a une femme capable de me refuser. — Moi ! je suis tentée de croire qu'il n'y en a pas du tout. Vous n'êtes pas de ces hommes qui n'inspirent que de l'indifférence , encore

moins de la froideur, des refus. Ah, fi !
— Quoi, vous pensez cela, mademoiselle Charline ? — C'est-à-dire, que je
vous parle comme une bonne amie qui
veut vous consoler, vous donner de l'espoir, et qui ne desire connaître le nom
de celle que vous aimez que pour lui
parler en votre faveur. — Vous auriez
cette complaisance ? — Assurément....
la.... connais-je ? — Très-bien. — Ah,
ah, voyons que je cherche dans mes
connaissances ? — Ne.. cherchez pas bien
loin ? — Dans ce quartier apparemment ?
— A deux pas de moi. — De vous ? Mais
vous demeurez à l'autre extrémité de
Paris ? — C'est égal. J'ai l'honneur de
vous assurer, mademoiselle Charline,
que vous la connaissez, que c'est un
second vous - même. — Oui ?... c'est
peut-être ma cousine ? — Ah, quelle
idée ! vous oubliez-donc que vous l'effa-
cez aux yeux de tout homme qui a un
cœur ?....

Ces dernières paroles étaient claires,
n'est-ce pas, Madame ? Cependant Char-

line, qui devait bien en comprendre le
sens, ne répondit point. Elle parut em-
barrassée, et la conversation serait tombée, si je n'eusse trouvé un moyen de
la relever, moyen d'écolier peut-être,
mais qui vous prouvera ma naïveté et
celle de mon amante. Eh bien, lui dis-
je, mademoiselle, vous vous taisez,
vous ne voulez pas remplir la promesse
que vous avez bien voulu me faire tout
à l'heure ? — Laquelle, s'il vous plaît ?
— De parler en ma faveur à celle que
j'aime. — Mais.... pardonnez - moi. Si
vous me disiez son nom, son adresse,
je.... verrais. — Oh, cela est très-facile.
Je vais vous l'écrire, afin que vous ne
l'oubliez.... jamais. — Jamais ! (*Elle
sourit.*) Cela est un peu fort pour une
confidente. Mais, voyons, écrivez.

Je trace au crayon deux lignes sur
un papier que je remets à Charline :
elle s'approche d'un lampion, et lit :
Celle que j'aime, que j'adorerai jus-
qu'au dernier soupir, que je brûle enfin
d'obtenir pour femme, s'appelle made-

moiselle *Charline Jacquenot*, *et de-*
meure chez..... — Je sais maintenant où
elle demeure. Ah, monsieur Derbin ! —
Eh bien, mademoiselle, oserai-je me
flatter que ma témérité !.... — Donnez-
moi votre crayon.

Elle écrit au bas de ce même papier :
Demandez ma main, ma main ! que
le sort me force à vous offrir seule. Je
voudrais avoir à faire de plus grands
sacrifices pour votre bonheur et le mien.

Je m'écrie : « Vous m'aimez ! — Oui,
je vous aime ! nos cœurs s'entendaient
depuis long-tems. Les voilà d'accord,
et c'est un grand poids de moins sur le
mien. — La suite dépend de moi. Je
vais vous demander à votre oncle. Il me
préférera sans doute à ce Robelot ! mon
état, ce que je gagne, tout le détermi-
nera, je l'espère ! »

Nous rentrâmes, en nous entretenant
de notre félicité prochaine, dans la salle
à manger, où pendant que nous étions
allés projeter un mariage, on venait d'en
décider un autre. Un couvreur fort riche,

V I.   10

qui était là avec son fils , avait demandé,
pour ce fils qui avait l'air d'un grand sot,
la main de mademoiselle Marie Jacquenot. Mademoiselle Marie Jacquenot ,
consultée par son père , avait répondu
niaisement un *Je le veux bien*. Le bon
homme de père avait ajouté *et moi aussi*.
On était convenu qu'elle aurait trente
mille francs de dot , tout le bien du père
Jacquenot , après sa mort ; et dans ces arrangemens on avait oublié tout uniment
la pauvre Charline. Puisqu'on parlait de
mariage , je crus le moment favorable
pour proposer le mien ; mais au lieu d'un
consentement comme j'avais lieu de l'attendre, ayant appuyé sur - tout sur ce
que je ne demandais point de dot, je
fus fort étonné de voir M. Jacquenot
lancer à sa nièce un regard très - sévère
en lui disant : « Un moment, mademoiselle , vous êtes bien pressée ! nous par-
lerons dans un autre instant de cette
affaire , que vous avez été décider là-bas
avec Monsieur , mais qui ne l'est nullement dans ma tête. Avez - vous oublié

que vous êtes promise à Robelot, que voilà ? — Oui, interrompit Robelot, à moi que voilà ? — Je ne l'ai point oublié, mon oncle, interrompit Charline avec une fermeté dont je ne l'aurais pas cru capable ; mais j'avais demandé trois mois pour me décider ; c'est demain que ces trois mois expirent, et c'est ce soir que je déclare formellement à M. Robelot que jamais il ne sera mon époux. »

Robelot reste pétrifié ; l'oncle réplique : « Qu'est-ce que c'est, qu'est-ce que c'est s'il vous plaît que ce petit ton tranchant ? Avez - vous prétendu me donner une fête aujourd'hui pour la troubler à la fin par votre impertinence ? Rentrez dans votre chambre, mademoiselle, et ne paraissez plus devant moi que je ne vous le dise. — Mon oncle. — Sortez, je vous l'ordonne. »

Charline se retire en me lançant un regard plein d'expression. Je me lève à mon tour, et me faisant violence pour réprimer mon indignation, je me contente de dire à M. Jacquenot : « Je sors

10.

aussi, Monsieur, mais demain......
j'aurai l'honneur de vous voir. — Eh
bien, Monsieur, on aura celui de vous
recevoir. Parbleu ! croyez - vous que je
craigne !... »

Je pars, laissant des convives fort
sots, des lampions qui ne seront point
allumés ; des fusées qu'on ne tirera pas,
des préparatifs enfin qui ne vont plus
servir à rien puisque Charline et moi,
nous en étions les grands ordonnateurs.

Je passe une nuit fort agitée, et, le
lendemain, je me rends chez M. Jacquenot, qu'à mon grand étonnement je
trouve plus doux, plus honnête que la
veille. « Je suis fâché, me dit-il même,
de vous avoir traité hier un peu rudement, Monsieur. Les fumées du vin de
Champagne, Robelot à qui j'avais promis ma nièce, et qui était-là.... je sens
que j'ai fait une étourderie, mais je n'en
persiste pas moins dans le projet de
vous refuser ma nièce. — Et pourquoi ?
— Oh, pourquoi, pourquoi ? d'abord,
parce qu'elle n'a pas de bien. — Eh,

lui en demandai-je ? — Pas un sol , ni la moindre espérance. — Que lui importe ? — Il m'importe à moi , pour son bonheur ! Quand l'amour sera passé , ce qui n'est pas long en ménage , je ne veux pas que son mari lui reproche de l'avoir épousée sans dot. — Mais en supposant qu'on pût cesser de l'aimer, Robelot , tout autre , pourrait lui faire ce reproche. — Non , non , un ouvrier est quelquefois plus délicat sur cet article que vous autres beaux Messieurs qui courez le luxe , les cercles , les spectacles...... J'aime ma nièce , je veux qu'elle soit heureuse , et , pour cela , c'est un ouvrier qu'il lui faut. »

Un cri s'élève : Ah , mon oncle !....

C'est Charline qui s'élance aux pieds de M. Jacquenot, et qui fond en larmes.

Jacquenot paraît ému. « Que fais-tu , lui dit-il ? tu pleures ! Tu l'aimes donc, ce jeune homme qui , par son ton , son éducation , est un monsieur en comparaison de toi , de moi , et qui te méprisera un jour ! — Moi, la mépriser !

— Laissez-moi parler. J'aime les ouvriers, ma nièce, parce que je l'ai été, que je le suis, parce que les ouvriers sont travailleurs et ne s'occupent que de leur état. Un jeune homme, élevé comme M. Derbin, peut faire de mauvaises connaissances, avoir des maîtresses, se livrer aux coteries, à la dissipation, au jeu, au jeu sur-tout, ruiner sa femme et lui reprocher le dénuement dans lequel il l'a prise, cela se voit tous les jours..... — Cela ne se verra pas chez nous ! »

M. Jacquenot, pour un homme de son état, avait de la philosophie comme vous le voyez. Il était brusque, mal élevé, bourru, grondeur ; mais il chérissait sa nièce, et, voyant que nous étions tous les deux à ses genoux, que nous le pressions de nous unir, il se leva et me dit d'un ton très-ému : « Eh bien, allons, revenez demain à midi, M. Derbin.... je..... verrai ; vous saurez alors mes dernières dispositions. — Puis-je... espérer ? — Oui, oui, espérez ; je vous dirai.... vous serez..... peut-être serez-vous heureux. »

Que la journée nous parut longue, à Charline et à moi ! Nous nous vîmes quelques momens dans le cours de cette journée d'hésitation et d'alarmes. Enfin, il arriva ce jour où je devais être instruit de mon sort. Je me rendis à l'heure indiquée chez M. Jacquenot, et je le trouvai d'abord seul et très-silencieux. Je lui fis quelques questions ; lui, sans me répondre, sonna pour qu'on fît venir sa nièce. Charline parut ; nous étions, elle et moi, pâles, haletans, comme des gens qui attendent leur arrêt. Il fut prononcé enfin cet arrêt après lequel nous soupirions tant. « Ma nièce, dit M. Jacquenot d'un ton presque doctoral, et vous, M. Derbin, vous voulez être unis par les liens du mariage ? — C'est notre seul vœu. — Je ne sais quel pressentiment fatal m'avertit que Charline ne tardera pas à s'en repentir ; mais vous le voulez... et j'y consens.—O bonheur !— Cependant, comme on se tromperait fort si l'on me croyait capable de marier ma nièce sans dot, je lui en donne une. — Mon cher oncle. — Un moment ? c'est à toi, ma Charline, à toi seule que je fais ce présent. Vois-tu ce contrat que j'ai fait dresser hier en ta faveur ? il t'assure huit cents livres de rente, à toi et à tes enfans ; mais il est stipulé de manière que, si tu meurs sans enfans, ce contrat retourne à ma famille, et que si tu es mère, il devient le gage de l'existence de tes enfans, sans que ton mari puisse en aucune façon en profiter, le vendre ou le dénaturer sans ton consentement ; c'est ton bien, Charline, toi seule pourras en disposer. — Mon cher oncle, que de bontés ! — Marie-toi maintenant quand tu le voudras, je te remettrai ce contrat le jour de ta noce. — Mais, mon oncle, le plutôt sera le mieux, n'est-ce pas ? »

M. Jaquenot se mit à rire ; je le remerciai, je sautai, je fis mille folies ; et huit jours après, je devins l'heureux époux de Charline à qui son oncle remit

le contrat de huit cent livres de rente,
qui, en effet, était dans les formes
rigoureuses à mon égard qu'il lui avait
plu d'imaginer.

Cela m'était égal ; j'étais incapable,
dans aucun cas, de toucher au bien de
mon épouse, de la dépouiller d'une ressource qu'on lui avait ménagée en cas de
malheur ; mais j'étais secrètement effrayé d'un soupçon que M. Jaquenot
avait, avec trop de raison, formé sur
mon compte. Il avait parlé du jeu ; et,
jusqu'à présent, je vous ai caché que
c'était là mon unique passion, ma passion favorite. Oui, j'avais pris ce défaut
dans la société de jeunes gens de mon
âge ; et, quoique l'hymen dût y faire
diversion, je redoutais d'y retomber. Je
sus néanmoins me contraindre assez
pour vaincre cette passion, pendant les
premières années de mon mariage. Ma
femme m'avait déjà rendu père de trois
enfans charmans, et j'espérais en voir
naître bientôt un quatrième. Je ne pensais qu'à ce bonheur, qu'à mes travaux...

hélas ! la fatalité me ramena un de mes
amis de jeunesse, ou plutôt un des cor-
rupteurs de cette jeunesse sacrifiée trop
souvent au jeu. Je renouai connaissance
avec cet homme sans délicatesse. D'abord
nous jouâmes ensemble aux cartes, puis
un tiers s'en mêla, puis un quatrième,
puis enfin je retournai à l'académie ; et
tout cela, en prenant des précautions,
pour que ma femme ne s'en doutât pas.
Mais elle me voyait sortir tous les soirs,
sans lui dire où j'allais, revenir fort
tard sans lui apprendre d'où je sortais.
Elle était tranquille sur ma fidélité ; elle
savait assez que je n'adorais qu'elle.
Mais elle ne s'allarma pas moins de mes
longues absences ; elle chercha à savoir ce
que je faisais, ce que je devenais, et elle
ne tarda pas à découvrir la triste vérité.
Trop douce cependant pour me faire des
reproches, elle se contenta de gémir,
de pleurer dans le silence de la retraite ;
et moi, voyant qu'elle ne soupçonnait
rien de ma passion, je m'y livrai avec
tant de fureur que je perdis en moins

d'un an, effets, bijoux précieux, tout ce qui embellissait mon petit ménage. Quand Charline se plaignait de me voir tout emporter, tout vendre, je rejetais cela sur des mauvaises affaires, des refus de payer, des banqueroutes que j'éprouvais. Elle n'en était pas la dupe, et elle pleurait de nouveau.

Pauvre femme! elle ne trouvait personne pour la consoler; elle ne voyait point sa cousine, qui était devenue haute, impérieuse, et elle avait perdu son oncle par une mort trop précipitée. Seule donc au milieu de ses enfans qui lui demandaient les premiers besoins de la vie, elle dévorait ses larmes ou bien elle en versait des torrens, en se rappelant les funestes pressentimens du bon Jacquenot, et sur-tout ses craintes que son mari ne se livrât au jeu, ne ruinât sa femme et ses enfans !.... et toujours silencieuse sur ce point, elle ne me faisait point connaître qu'elle sût la cause de la ruine de son ménage.

Quant à moi, toujours bien persuadé

qu'elle l'ignorait, j'allais mon train, je jouais, je jouais, et je perdais continuellement, ce qui brûlait mon sang, et me faisait maigrir et changer à vue d'œil.

Une nuit, nuit terrible, et qui ne sortira jamais de ma mémoire, j'étais dans une maison de jeu, et le malheur me poursuivait tellement que, non content d'avoir joué les mémoires arrêtés des personnes pour qui je travaillais, je venais de perdre vingt louis sur ma parole, et ma montre, le seul effet qui me restât. J'étais furieux ! deux heures sonnaient, et jamais je ne m'étais attardé si long-tems ! Je me peignais l'inquiétude de ma femme, sa douleur, et n'osant plus rentrer, connaissant enfin toute l'énormité de ma faute, ne sondant que trop la profondeur de l'abîme que j'avais creusé sous mes pas, je me décidai à passer là le reste de cette nuit funeste, à tenter de nouveau la fortune, à jouer sur parole, et si je perdais encore, à m'arracher la vie dès le point du jour. Jamais je ne m'étais vu dans une situation plus affreuse ; j'écumais , je pleurais , je criais, j'étais comme un enragé, et, si j'eusse trouvé là un pistolet, je me serais brûlé la cervelle devant les complices de mon égarement. Quatre heures sonnent, je perds toujours.... Je me lève comme un furieux , et je vais sortir pour aller sans doute chercher , dans les flots , la fin de ma misérable existence.... On me dit que quelqu'un me demande dans une pièce voisine. Quelqu'un ? Est-ce ma femme ? O terre , engloutis - moi , si c'est cette infortunée ! Je m'informe : le particulier qui vient de me dire qu'on me demande , est justement un des joueurs les plus acharnés à me faire perdre ; c'est un homme qui , depuis huit jours , m'a gagné le peu d'effets qui me restaient , et que j'ai vu sans cesse me forcer à jouer.... Je le prie de me dire si c'est une femme qui veut me parler. Non , me répondit-il. En ce cas , voyons, lui répliquai-je.

J'entre dans cette pièce où l'on m'at-

tend.... Que vois-je !... ô ciel , pourrai-
je vous retracer ce tableau ?... Mes quatre
enfans sont là tout seuls.... à genoux ,
et tendant vers moi leurs petites mains
jointes de l'air le plus suppliant. Le
dernier , qui est presque à la mamelle ,
est dans les bras d'un de ses frères , et
l'aîné , qui a dix ans , me présente une
lettre ouverte.... Etonné , saisi , hors de
moi , je prends cette lettre.... Je frémis
en reconnaissant l'écriture de ma femme ,
et je lis :

« Tu es perdu , mon ami , ruiné , je
» le sais !.... mais il te reste une res-
» source. Ton Benjamin te remettra ,
» avec ce billet , le contrat de huit cent
» livres de rente que mon oncle m'a
» donné. Disposes-en , il est à toi ; et ,
» loin de me plaindre ou de me remer-
» cier , rappelle-toi , et permets· moi de
» faire ici l'application de ces mots que
» je te dis dans notre petit jardin ,
» lorsque tu me demandas ma main :
» *Je voudrais avoir à faire de plus*

» *grands sacrifices pour votre bonheur*
» *et le mien :*

» Adieu, rentre le plutôt possible,
» et viens te jeter dans les bras de ta

Charline Jacquenot , femme DERBIN. »

Que deviens-je à la lecture de ces mots
si doux, si touchans ! C'est la foudre
qui m'écrase !... Pour ajouter à toutes
mes sensations, je vois mon fils aîné,
mon cher Benjamin, qui, toujours à
genoux, me présente en souriant un
grand parchemin, le contrat dont il est
parlé dans la lettre. Je m'écrie : Non,
non, famille intéressante et trop malheureuse ! non, je ne vous dépouille-
rai point de l'unique ressource qui vous
reste. Moi, m'emparer du seul bien
qui puisse vous mettre à l'abri de la
misère ! Grand Dieu ! pour qui donc
m'a-t-on pris ? Pour un barbare ! un
père sans âme, sans entrailles ! et toi,
Charline, femme adorable, ange du
ciel ! tu m'aurais moins ému, si tu
m'eusses fait des reproches ! Tu m'en-

11.

voies tes enfans, et je les vois là, humiliés devant leur spoliateur : tes enfans ! mais ce sont les miens aussi ! je dois leur rendre un père, et j'en aurai désormais le sacré caractère. Relevez-vous, relève-toi, Benjamin, Charlotte, Abel ? et toi, mon petit Benoni ?.... Venez tous dans mes bras, tous sur mon cœur.... Que fais-tu, Benjamin, tu m'offres encore ce contrat ? Garde, garde-le ; tremble qu'il ne s'engloutisse dans le gouffre où j'ai déjà plongé tant d'or. Garde-le, mon fils, il est à toi, à tes frères, à ta mère, et ne me fais plus l'injure de me soupçonner capable de vous l'enlever !

Mes enfans sont bientôt dans mes bras, sur mes lèvres, et j'entends une voix qui s'écrie : Bien, bien cela, voilà qui est bien !...

Je n'avais vu jusqu'alors que mes enfans ; je me retournai, et restai fort surpris de voir que cette exclamation sortait de la bouche même du joueur déterminé qui, depuis plusieurs jours, avait hâté

ma ruine. Cet homme était attendri , et
semblait prêt à verser des larmes. Je ne
pus contenir mon indignation. Monstre ,
lui dis-je , que fais-tu là ? après avoir
achevé ma perte , dois-tu souiller par ta
présence ces douces effusions de la tendresse paternelle et filiale ? — Ah ! mon
ami , me répond cet homme plus ému
encore , vous voilà enfin tel que nous
vous desirions ! reprenez, reprenez votre
or , votre montre , vos effets et les bijoux
de votre femme ; sachez enfin que je n'é-
tais ici que son agent ! — Son agent ! —
Oui, l'agent de votre adorable Charline.
Je suis , mon cher Derbin , le neveu de
votre propriétaire. Mon oncle et moi
nous n'avons pu voir les larmes de votre
femme , sans en être attendris ; et , soudain , pour vous ramener à vos devoirs ,
je me suis chargé du rôle le plus pénible
pour un galant homme. Inconnu de vous,
je vous ai épié, suivi ; je me suis acharné
à vos pas , je vous ai fait jouer enfin et
tout perdre , mais dans le projet de tout
vous rendre ! — Homme généreux !...

et ma femme savait ?.... — Depuis plus de dix-huit mois elle gémit de votre fatale passion. — Et elle a pu garder le le silence ! — Vous connaissez sa douceur. Vous auriez perdu jusqu'à ce contrat que vous n'auriez pas entendu le plus léger murmure sortir de sa bouche. — O modèle des femmes !... et vous, ami précieux ! — J'ai le prix de mes soins si vous êtes corrigé. — Pour la vie. — Allons, il me faut finir mon ouvrage en vous remettant dans les bras de votre épouse. — Ciel ! moi paraître devant elle ! — Il le faut. Eh ! ne craignez rien de cette entrevue : vous n'y entendrez que les sermens de l'amour le plus pur.

Mon ami (il l'était bien !) fit avancer une voiture. Nous y montâmes avec mes chers enfans, et je rentrai chez moi, tremblant d'abord, mais bien rassuré, bien raffermi par les tendres caresses de ma femme. J'abjurai à ses pieds, dans ses bras, ma funeste passion ; et je restai fort étonné, quand le jour vint éclairer cette scène touchante , de voir replacés chez moi divers effets que j'en avais soustraits , et que je croyais bien sérieusement joués et perdus. Je sus que notre rare ami avait tout restitué à ma femme , et nous le serrâmes contre nos cœurs reconnaissans.

Cette leçon m'a bien corrigé , oh , je vous en réponds ! Depuis quinze mois que je l'ai reçue , je ne me suis occupé que de mes travaux. Le bonheur a secondé mon activité , et j'ose dire qu'aujourd'hui je suis le plus moral des hommes , comme le plus fortuné des pères et des époux. »

Quand M. Derbin eut fini de parler , Marion Desvignes fit admirer aux enfans , qui l'avaient écouté avec attention , le mérite de la conduite de Charline , et le moyen ingénieux dont elle s'était servi pour ramener son mari à ses devoirs. Puis elle hocha la tête , comme pour dire qu'elle craignait que ce mari ne fût pas bien corrigé. Derbin la comprit , et lui jura qu'il avait main-

tenant le jeu en horreur autant qu'il l'a-
vait aimé. — Ah , ah ! répondit Marion
en hochant toujours la tête , qui a bu'
boirá ! Il n'y a que quinze mois de cela ;
c'est bien nouveau, qui sait par la suite?...
— Jamais , oh ciel ! après une pareille
épreuve ! je serais un monstre , et je ne
suis pas né pour l'être. — Il est certain
que la leçon a été forte , et vous devez
penser que les vertus de votre femme ,
ce que vous devez à vos enfans , à vous-
même , sont des considérations assez...

Marion allait débiter à Derbin une morale qui , d'avance et pour toujours , était
gravée dans son cœur , lorsqu'elle fut
interrompue par le sage Philbert : ce bon
vieillard ayant fini ses travaux poétiques
dans son cabinet, descendait pour voir si
la besogne se faisait.—Oh , bon papa, lui
dit Mimi , monsieur le peintre vient de
nous raconter une histoire bien intéressante, va ! — C'est donc cela que je ne
trouve pas ici les travaux aussi avancés
que je l'espérais ; mais monsieur est habile , il va réparer le tems perdu.

Derbin le lui promit : on se mit de nouveau à l'ouvrage , et l'on s'occupa , toute la journée , avec plus d'activité des préparatifs de la fête du lendemain.

~~~~~~~~~~~~~~~~~~~~~~~~~~~~~~~~~~~~~

LIIe. JOURNÉE.

PERSONNAGES.

Monsieur , madame d'Arleville ,
le sage Philbert.

Tous les enfans.

Tony , qui est en observateur à la
porte de la Chartreuse, pour prévenir de
l'arrivée des voyageurs chéris qu'on attend , Tony voit de loin deux voitures ,
qui , sur la route , paraissent se diriger
vers lui. Il reconnaît la gondole de famille et le grand cabriolet de son papa ;
il s'écrie : Les voilà !

A l'instant , chacun est à son poste.
Les voitures arrivent. Elles se trouvent
soudain entourées des ménétriers du village , qui , vêtus de blanc et parés de
rubans , jouent des fanfares aux oreilles
de monsieur , de madame d'Arleville et

de leurs jeunes gens fort étonnés de cette musique. Germain et ses garçons jardiniers se présentent chargés d'énormes bouquets qu'ils offrent à chacun des voyageurs. M. d'Arleville demande son père. Vous allez le voir, lui répond Germain !...

Mimi et Charlet, qui dansent très-bien déjà pour leur âge, sont costumés en petits Amours ; ils sautillent autour des arrivans, et ont l'art, à mesure que chacun d'eux entre dans la première cour, de l'enchaîner avec des guirlandes de fleurs, de manière que tous les voyageurs ne forment plus qu'un grouppe enlacé dans des chaînes de roses.

Nos amis pénètrent ainsi dans la seconde cour où les mûriers, les maronniers, les noyers, sont surchargés de rubans, de touffes de fleurs. Le père Carpentier, qu'on a habillé tout en noir, surchargé d'une foule de dossiers, et dont la tête est affublée d'une énorme perruque, ce grotesque personnage portant à sa main des papiers de chicane,

une plume, de l'encre, veut s'oppposer
à l'entrée de nos amis ; il leur jette à la
face des sentences, des arrêts, des si-
gnifications.... Une figure aîlée, peinte
sous la forme et les attributs de la Justice, descend du sommet d'un acacia,
jette un voile sur le portier qui repré-
sente la chicane, et au moyen d'une
fusée qui s'enflamme, le feu prend à
tout l'accoutrement de ce pauvre homme
qui n'a que le temps de jeter tout par
terre, et qui paraît alors aux yeux de
l'assemblée sous un autre déguisement,
sous la figure du Temps qui embrasse
la Justice, la serre dans ses bras, et
semble lui dire : *je t'attendais* !

L'allégorie, quoiqu'un peu bouffonne,
parut ingénieuse à M. d'Arleville, qui
reconnut là l'esprit inventif et toute la
tendresse de son père.

Marion Desvignes parut ensuite. Elle
était habillée en mère Boby, entourée
et suivie d'une troupe de jeunes filles
qui dansaient et lui faisaient faire des
sauts avec elles. Tout ce cortège, pré-

cédé de la musique du village , entra
ainsi en ordre dans le parterre du jardin, où l'on avait suspendu par-tout des
guirlandes , des chiffres et des inscriptions. Un repas était préparé dans ce
parterre même , sur des tables chargées
de fruits et de fleurs. Il était l'heure de
dîner, on s'en occupa ; mais M. d'Arleville ne voyait pas paraître encore son
père, ce qui, sans l'inquiéter cependant , excitait beaucoup sa curiosité. A
peine était-on placé à table que le sage
Philbert parut précédé d'une foule de
jeunes garçons qui jouaient de la mu-
sette , sautillaient, et témoignaient toute
l'ivresse de la plus grande joie. Le sage
Philbert était vêtu comme le roi Salomon
lorsqu'il rendit ce jugement si célèbre ;
et , il faut en convenir , le sage Philbert
avait , sous ce déguisement, l'air le plus
vénérable. Quand le grouppe de danseurs
se fut ouvert autour de lui , le vieillard s'arrêta devant monsieur et madame
d'Arleville : là , parlant comme le roi
Salomon lui-même, il prononça un long

discours où il feignit d'avoir quitté le
séjour de la béatitude éternelle, pour
venir complimenter les mortels sur le
seul jugement juste qu'on ait rendu depuis sa mort. Il parla long-tems, fit
l'éloge des juges qui avaient fait gagner
le procès à son fils, alla chercher dans
l'histoire sainte diverses citations ; et,
après avoir béni le Très-Haut, il entonna
un cantique de sa composition, dont
chaque strophe fut répétée en chœur par
toute l'assemblée.

Ce chant mystique, ces paroles sa-
crées, l'habillement du vieillard, tout
donna à cette cérémonie une couleur re-
ligieuse qui fit couler des larmes de tous
les yeux.

Le sage Philbert se retira dans le même
ordre qu'il était venu ; puis reparaissant
sous l'habit d'un bailli de village, il fit
à ses enfans un compliment tourné à la
manière de ces personnages de comédie,
et si plaisant, d'un pathétique, d'une
emphase si ridicules, qu'il excita le sourire de tous les auditeurs : dépouillant

ensuite sa robe de bailli , le vieillard
se montra sous ses habits accoutumés ,
embrassa ses enfans , ses petits-enfans ,
et se mit à table avec eux. On dîna
gaîment. Au dessert , on chanta des
couplets relatifs à l'heureux événement
qui réunissait tant de vrais amis ; enfin ,
sur le soir , une illumination superbe
vint remplacer le jour , un feu d'artifice
fut tiré , et tout cela se termina par des
danses générales dans lesquelles se
mêlèrent les enfans , monsieur , madame d'Arleville et le sage Philbert
lui - même qui dansa la bourée avec la
bonne Marion Desvignes.

Cette fête se prolongea long-tems dans
la nuit. On congédia ensuite les étrangers , et chacun , après mille embras-
semens , alla chercher un repos dont
tout le monde avait besoin. J'aurais pu
m'étendre davantage sur les détails de
cette surprise , retracer à mes lecteurs
les inscriptions , les vers , les chansons ;
mais on sait ce que c'est que des couplets de famille : ils ne sont , la plu-

part du temps, intéressans que pour
ceux qu'ils concernent ; et d'ailleurs le
bon Philbert ne se piquait pas d'être
poète. Il avait peint tout uniment l'expression de ses sentimens, de ceux de
ses petits-enfans, et tout cela était excellent pour le lieu, les gens, la circonstance et l'application qu'on en faisait.

Roufflot

Le petit Remouleur.

LIIIe. JOURNÉE.

PERSONNAGES.

MONSIEUR, MADAME D'ARLE-
VILLE, LE SAGE PHILBERT,
MONSIEUR DERBIN,

Tous les enfans.

LE peintre Derbin, après la fête, était retourné chez lui, où sa Charline et ses quatre enfans l'attendaient avec la plus vive impatience. Le lendemain matin, il revint à la Chartreuse, pour s'y informer des nouvelles de tout le monde ; et M. d'Arleville, qui estimait cet homme dont il connaissait la faute et le repentir sincère, le retint à dîner après lui avoir fait les plus justes éloges sur tous les objets qui, la veille, étaient sortis de son pinceau. Il voulut lui en payer le prix ; mais Derbin se refusa

absolument à rien recevoir , en disant
qu'il avait été trop heureux de pouvoir
contribuer par ses faibles talens à une
fête de famille , dont le but et les détails
étaient bien faits pour toucher toutes les
âmes sensibles.

Germain , le jardinier , qui était là
par hasard , et qui entendait le peintre
s'exprimer de cette manière , ne put retenir cette exclamation : C'est bien vrai ,
ça , monsieur Derbin , que c'est touchant ,
une fête de famille ! Mais tout le monde
ne pense pas comme vous. — Comment ,
répond Derbin , est-ce que tous les hommes honnêtes ne doivent pas être d'accord
sur ce point ? — Oui-dà , tous les hommes
honnêtes ; mais ceux qui ne le sont
point ? — Eh bien , on se moque de
leur opinion. — C'est ce que j'ons fait
aussi. — C'est ce que vous avez fait ?
— C'est , interrompt M. d'Arleville , ce
que tu as fait , dis-tu ? Voyons , en
quelle occasion ? — Eh , parguienne ,
à l'occasion de la fête d'hier. — Est-ce
que tu as vu quelqu'un qui l'aurait

critiquée ? — Vraiment , on n'est pas
louis d'or , on ne plaît pas à tout le
monde. — Je ne t'entends pas , expli-
que-toi , si tu peux. — Est-ce que vous
n'avez pas remarqué hier deux hommes
qui sont restés constamment collés à la
petite grille du saut-de-loup du jardin ,
là , précisément en face de la table , où
vous dîniez , où M. Philbert est venu
déguisé en père Salomon ? — Non , je
n'ai pas vu ces deux hommes. — Je le
croyons ben , vous étiez trop occupé,
trop ému ; mais moi , je les ons ben relu-
qués , allez. — Et moi aussi , interrompt
Derbin. — De ces deux hommes , poursuit Germain , l'un avait quasiment la
larme à l'œil , tant il était touché de
c'te cérémonie ; et l'autre ne faisait
qu'hausser les épaules , comme en disant : *comme c'est pitoyable ! comme
c'est nigaud !* — Ah , je te comprends ,
répartit M. d'Arleville , c'est-à-dire que
l'un des deux était content de nous voir
joyeux , et que l'autre trouvait notre
petite fête détestable ? — C'est - ça ,

jnste ! — Que veux - tu, mon ami ? comme tu l'as dit, on ne plaît pas à tout le monde. Il en est de cela, comme de toutes les actions de notre vie, elles sont louées et censurées, suivant la manière de voir des gens qui veulent nous juger ; *l'un en pleure, et l'autre en rit*, ainsi qu'a dit certain auteur dont je ne me rappelle plus du nom. — Ah ben, c'était ben ça hier, vrai ; l'un *riait*, et l'autre *pleurait*. — A coup-sûr, celui qui s'est attendri est un homme bon, sensible, doué de quelques vertus ; l'autre ne mérite pas cet éloge. Quand on ne sait pas se mettre à la portée de l'enfance, quand on se moque d'une fête de famille, c'est qu'on a l'âme bien sèche, c'est qu'on ignore ce que c'est qu'être époux et père ! — Vous avez bien raison, Monsieur, replique Derbin, et vous jugez parfaitement les deux hommes en question ; je les ai vus aussi moi, comme votre jardinier ; ils n'ont pas quitté la grille de toute la journée ; ils causaient ensemble ; et, comme ils n'étaient pas

du même avis, ils ont eu l'air souvent
de se quereller ; le plus jeune sur-tout
paraissait reprocher à l'autre son insen-
sibilité et ses ricanemens perpétuels
sur une fête donnée par la tendresse paternelle et la piété filiale à un honnête
homme qui vient de gagner un procès
important. Je les connais, moi, et parfaitement ces deux particuliers, dont
l'un a des droits déjà à votre estime,
tandis que l'autre vous paraît, avec raison, être un homme sans délicatesse.
— Vous les connaissez, monsieur Derbin ? — Très-bien ; et, si vous le permettez, je vais vous raconter l'histoire
de chacun d'eux, vous les jugerez bien
mieux après, et avec connaissance de
cause. Ces deux histoires sont assez
intéressantes pour amuser et toucher
votre aimable famille : ces jeunes enfans
y puiseront même quelques leçons de
morale. Consentez-vous à ce que je vous
raconte ?... — Vous m'obligerez. — Eh
bien, je vais commencer par l'histoire
de celui qui a ri, pour reposer ensuite

toute votre attention sur l'autre qui vous
paraîtra, je l'espère, plus estimable.

Les enfans se réunissent, tout le monde
s'asseoit, et Derbin parle en ces termes.

R O U F F L O T,

LE POTIER D'ÉTAIM.

« Il y avait, il y a quelques années,
dans une rue du faubourg St.-Marceau,
un Auvergnat, nommé Léonard Roufflot, qui faisait le commerce de potier
d'étaim. Sa boutique était petite mais
bien assortie, et ce jeune homme avait
une activité pour le travail, un genre
de talent d'ailleurs dans sa partie, qui
devaient le conduire peu-à-peu à une
petite fortune honnête.

Roufflot était bon, sensible, humain,
et d'une délicatesse à toute épreuve ;
mais il était, comme vous le pensez
bien, fort mal élevé, brusque, grondeur;
il avait en un mot tous les défauts de
son éducation et de sa profession, ex-

cepté celui de l'ivrognerie , qui était loin de ses goûts et de ses principes. Vif , bouillant , impatient , il ne fallait pas qu'on lui résistât en la moindre chose. Les plus grandes affaires , il les décidait tout de suite ; si elles traînaient seulement deux jours , il y renonçait. C'était ainsi qu'il s'était marié en vingt-quatre heures de temps. Il voit un jour la fille d'un marchand de ferrailles , son voisin , qui venait de retirer cette jeune personne d'une pension où il l'avait laissée jusqu'à l'âge de dix-sept ans. Il la voit et se dit : Ah , ah , Gérard a maintenant sa fille avec lui , elle est gentille , elle me conviendrait bien !

Il entre dans la boutique. Voisin , lui dit-il , est-ce là votre fille ? — Oui , voisin. — Comment se nomme-t-elle ? — Mais , voisin , elle s'appelle Cathe-rine. — Oui ? Et son âge ? — Dix-sept ans ; pourquoi ces questions ? — Un moment. Comptez-vous la marier bien-tôt ? — Oui vraiment , dès qu'il se présentera un honnête homme qui......

Mais encore une fois, pourquoi ? —
Un moment. Savez-vous si son cœur
n'aime pas déjà ? — Je ne le crois pas.
— Eh bien, voisin, je l'épouse. —
Bah ! — C'est comme j'ai l'honneur de
vous le dire. Vous vendez du fer, je
vends de l'étaim ; vous me donnerez quelques vieux lots de ferrailles ; avec votre
fer, mon étaim, je ferai de l'argent,
et je deviendrai votre gendre. — Mais...
un moment à mon tour ! Vous y allez
d'un train... — D'un train ! tel, qu'il
faut que le contrat soit signé aujourd'hui.
— Aujourd'hui ? c'est bientôt. — C'est
comme cela. — Et vous ne me parlez
pas de la dot ? — Je vous ai dit qu'à
votre aise vous nous donneriez à ma
femme et à moi, quelques morceaux de
votre marchandise. — Ah, à votre
femme et à vous, voilà qui est fait,
Monsieur est dans son ménage... Mais,
moi qui suis bon père, croyez-vous que
je n'aye que du fer à donner à ma fille ?
Croyez-vous que je veuille la marier sans
dot ? — Vous ferez comme il vous plaira,

tout ce qu'il vous plaira. — J'ai encore
quelques vieux louis là-haut. Je veux
leur en ajouter d'autres, et il faut bien
me donner le tems.... — Vous pren-
drez tout le tems que vous voudrez.
Marions-nous d'abord ; après cela, on
verra. — Quoi, c'est sérieux ? — Très-
sérieux. — Mais vous ne connaissez pas
ma fille, son humeur, son caractère. —
Son humeur, son caractère, tout cela
doit être bien formé par vous, et d'ailleurs tout cela dépend d'un mari. —
D'un mari ? —Oui, oui, c'est le mari
qui fait de sa femme tout ce qu'il veut.
Je la formerai, moi ; elle paraît douce,
et quand j'aurais pour femme un diable,
cela ne m'embarrasserait pas ; je saurais
la ramener........ — Par la rigueur ?
— Non, par la douceur ; mais cela
ne vous regarde pas. Elle me convient,
telle qu'elle est ! Je veux signer aujourd'hui et épouser demain, y con-
sentez - vous ? — Quel homme ! —
C'est oui ou non ; si c'est non, je me
retire, et je ne pense plus à votre Cathe-

V I.   1 2

rine. — Mais huit jours, ce me semble?... — Oui, parlez de huit siècles pour moi. — Ah çà, vous, votre fortune, ce que vous possédez, n'en saurai-je rien ? — Ah ! voilà l'état de mes affaires ; ces papiers (*il en montre*) vous apprendront... Voilà ce qui m'est dû ; quant à moi, je ne dois rien. — C'est bien. Je dois au moins vous en montrer autant. — Après, après, après. Vous êtes un honnête homme, je le sais, je m'en rapporte à vous. Votre réponse ; car je suis pressé. Quelqu'un entre dans ma boutique, c'est le chandelier du coin qui me demande des moules... Voyons, dites-moi oui ou non ? — Mais il faut que je consulte ma fille. — Cela sera bientôt fait.

Il s'adresse à Catherine : — Mademoiselle, j'ai trente-deux ans ; vous me voyez ! je ne suis pas plus mal tourné que mes semblables, et je suis un homme comme un autre. Voulez-vous m'épouser ? — Monsieur ! — Ce n'est pas Monsieur qu'il faut dire, c'est je le veux bien. — Eh bien, Monsieur.... si papa y consent. —. Hein ? — Moi, je le veux bien. — C'est cela ; elle me charme ! j'en rafolle, en vérité. C'est dit à présent, papa, n'est-ce pas ? — Allons..... soit..... c'est dit. — Adieu. A ce soir, chez moi, nous souperons ensemble, le contrat sera dressé, et nous le signerons. »

La jeune personne était naïve et ne demandait pas mieux que d'être épousée par le premier venu. Elle avait consenti ; Roufflot était au comble de la joie. Il expédie son chandelier et court chez le curé de Saint Médard : « Monsieur le curé, voulez-vous me marier demain ? — Demain ? non, et les bancs qu'il faut publier tous les huit jours à la grand' messe ? — Bah, bah ! je vous paie six grand'messes de suite, moi ! j'achette les bancs, les dispenses, le diable ! — C'est une parente que vous épousez ? — Pas du tout ; c'est la fille de mon voisin Gérard.—Eh bien, il n'y a pas besoin de dispenses. — Bon ! voilà cela de moins. Et les bancs ? — Ah, ils sont indispen-

sables. — Combien faudrait - il ?.... —
Mais.... »

Roufflot insiste , propose de l'or; tout
s'arrange ; le soir même , le contrat est
signé , et le lendemain Catherine devient
madame Roufflot.

Ce trait seul vous donne une idée de
son caractère. Il rendit sa femme heureuse , et la regretta toute sa vie ; car
elle mourut en donnant le jour à un fils
unique , et c'est à ce fils unique que je
dois arriver promptement.

Roufflot était bon père : il gâta son
fils Amédée dans son enfance, dans un
âge moins tendre , et il l'aurait gâté
toute sa vie si ses amis ne lui eussent
conseillé de l'éloigner de lui , de le mettre en pension. Un célèbre apothicaire
qui était la pratique de Roufflot et qui
l'estimait , obtint du président R......
alors à la tête du conseil d'administra-
tion du collége de Louis-le-Grand , une
bourse dans ce collége pour le petit Amédée, qui annonçait déjà des dispositions,
mais sur - tout un caractère vif , violent

comme son père, et avec cela une hauteur démesurée, défaut que n'avait pas le bon Roufflot.

Voilà donc son fils au collége, élevé comme le fils d'un prince, s'instruisant et recevant la plus belle éducation. Comme le petit Roufflot était toujours le premier de sa classe, qu'il remportait tous les prix, il ne tarda pas à exciter la jalousie de ses camarades; et comme le petit bonhomme était d'une vanité insupportable, il se fâcha contre eux; cela amena des querelles, dans lesquelles les autres cherchèrent à l'humilier en lui disant qu'il n'était que le fils d'un potier d'étaim. Notre enfant donna des coups de poing, on se battit; et, pour terminer cette rixe, un pédant ordonna que le petit Roufflot ne serait plus connu au collége que sous le nom d'Amédée. Il fut enjoint à ses camarades de lui donner ce seul nom: cette mesure imprudente, qui faisait presque rougir un enfant du nom de son père, augmenta tellement l'amour-propre d'Amédée, qu'il devint impossible de lui parler, même de le regarder ; mais il faut en convenir, cet excès de vanité tournait au profit de son zèle, de son émulation, et par conséquent de ses talens. Il était un sujet charmant, au dire de ses maîtres, dont il faisait la gloire, et chacun d'eux se disait tout bas qu'il irait très-loin.

Cependant Amédée aurait bien desiré ne jamais quitter le collége. Il souffrait quand son père venait le chercher pour passer un jour ou deux avec lui. Obligé de rester dans une boutique, d'écouter son père qui parlait fort mal français par parenthèse, Amédée commençait à mépriser l'auteur de ses jours ; et le bon Roufflot, qui n'avait pas prévu cette conséquence trop naturelle du projet qu'il avait formé de donner à son fils une éducation au-dessus de la sienne, le bon Roufflot, dis-je, commençait à s'appercevoir qu'Amédée le regardait comme un homme commun. Roufflot, qui n'était pas endurant, se fâcha, donna

quelques paires de soufflets, l'enfant
rentra au collége, en fondant en larmes, en se promettant bien, quand il
serait grand, de ne jamais faire l'état
de son père, de le fuir plutôt au bout de
l'univers.

Il grandit en effet, et plus ferme que
jamais dans ces sentimens dénaturés.
Aussi, au sortir du collége, (il avait
alors seize ans et demi) accepta-t-il bien
vite l'offre d'un grand seigneur, père
d'un de ses camarades, qui le prit en
amitié et lui donna la place de son secrétaire. Ce grand seigneur, qui était je
crois un comte, avait admiré les progrès
d'Amédée ; il lui reconnaissait mille
talens. Il le prit donc avec lui, sans con-
sulter le père Roufilot, et notre Amédée, sans faire part de son côté à son
père de son élévation, ni de son changement de fortune, ne fit qu'un saut,
du seuil de la porte du collége qu'il quittait pour jamais, dans la voiture du
comte qui l'emmena dans une de ses
terres, à plus de cent lieues de Paris.

Amédée partit, se promettant bien de
ne jamais révéler le lieu de sa retraite à
son père qu'il regardait comme un vieux
bonhomme, et dont il abandonnait volontiers le modique héritage, se flattant
de faire, par ses talens, une fortune bien
autrement considérable. Un homme qui
eût eu plus de moralité que le comte son
protecteur, n'aurait pas souffert cet excès d'impertinence et d'ingratitude dans
un fils ; il aurait demandé à son père la
permission de l'emmener ; il aurait exigé
que ce fils, respectueux au moins s'il
n'était pas soumis, donnât de tems en
tems de ses nouvelles à celui à qui il
devait la naissance, de l'éducation et
des talens ; mais non ! M. le comte n'y
regardait pas de si près en fait de sentimens. Il était coiffé de son jeune favori,
et tout ce que celui-ci faisait ou voulait
faire, était bien fait ou très-sagement
décidé. Eh puis, un potier d'étaim ! c'é-
tait un état si vil aux yeux de M. le
comte qu'il rougissait presque avec son
protégé de ce que le sort lui avait donné

un père si indigne de lui , et qu'il en-
courageait ainsi Amédée à manquer à
tous le procédés envers Roufflot.

Roufflot apprit que son fils avait quitté
le collège , et personne ne put , ni ne
voulut lui dire où il était allé ; car il
était expressément recommandé à tout le
monde de le lui cacher. Roufflot s'indi-
gna de cette conduite , et ce tendre père
pleura amèrement. Il ne pouvait supporter l'idée que le fils de sa chère Catherine , qui était si bonne , si douce ,
si aimante , fût , lui , un monstre d'ingratitude. Sa santé s'altéra visiblement ;
il fit des recherches qui furent infruc-
tueuses , et il se vit forcé de gémir toute
sa vie d'avoir donné le jour à un être
qui le méprisait , l'oubliait et le rejet-
tait comme le dernier des mortels. Roufflot savait prendre un parti sans doute ,
et je vous l'ai prouvé , mais en affaires
seulement ; pour tout ce qui touchait
son cœur , il était d'une faiblesse insurmontable , et ne pouvait se décider à
détester ce qu'il avait chéri. Ainsi il en

voulait à son fils ; mais s'il l'eût vu, s'il l'eût retrouvé, ce fils coupable, il eût oublié ses fautes, il eût été le premier à lui sauter au cou.

Huit années s'écoulèrent dans cet éloignement du père et du fils ; huit années entières ! pendant lesquelles la fortune de l'un et de l'autre changea étrangement de face. Le père se retira du commerce, acheta, dans son quartier toujours, une petite maison avec jardin, dans laquelle il se confina.

Pour Amédée, le sort ne lui fut pas long-tems aussi prospère qu'il se l'était imaginé. D'abord, son bienfaiteur mourut, et les héritiers du comte, son fils le premier, quoiqu'il eût été camarade d'Amédée, ne furent pas du tout curieux de le garder. Amédée sortit donc de cette maison, muni de quelque argent ; mais toujours trop fier pour retourner chez son père, il se fixa à Lyon, ville voisine du château du comte, et, loin d'y cultiver ses talens, de les utiliser, il fit là de mauvaises connaissances, se li-

vra à la dissipation, perdit le fruit de
là brillante éducation qu'il avait reçue,
et se plongea dans tous les vices. Ceci
ne doit pas vous étonner, Messieurs :
quand on a le cœur méchant, on n'est sus-
ceptible d'aucune vertu, et un mauvais
naturel n'attend toujours qu'une occasion pour développer tous les principes
vicieux dont il est la source.

Amédée était très-bien tourné, doué
d'une jolie figure ; il profita de ces avantages pour duper des coquettes, tirer de
l'argent des vieilles femmes, vivre en un
mot en véritable escroc. Il avait pris
un nom qui le faisait croire noble ; il se
faisait appeler le chevalier d'Aranville ;
et ce prétendu chevalier d'Aranville tournait la tête à un sexe, c'est-à-dire à la
partie frivole d'un sexe qui sans cesse
alimentait sa bourse et doublait son
orgueil par des éloges exagérés.

Ce train de conduite ne pouvait ni
faire un état à notre jeune homme, ni
le mener bien loin. Il sentit que son cré-
dit s'affaiblissait, que ses finances dimi-

nuaient, et il vint à Paris dans l'espoir d'y faire de nouvelles dupes.

M. le baron Desmarlières, homme simple, crédule, un peu borné du côté de l'esprit, mais bon, honnête et délicat dans ses procédés, vit dans une maison, notre chevalier d'Aranville; et, l'ayant entendu parler très-bien des fortifications, du génie, de l'art militaire qui était la passion favorite du Baron, celui-ci l'engagea à venir le voir. Amédée se rendit à cette invitation et resta frappé à la vue de la beauté parfaite d'Eugénie, fille unique de M. Desmarlières. Ce n'était plus un goût, une fantaisie de jeune homme qui passait par la tête d'Amédée, c'était une passion sérieuse fondée sur l'estime, sur tout le respect qu'inspiraient les grâces, l'esprit, et principalement la candeur et la modestie d'Eugénie.

Amédée, pour voir souvent cette belle Eugénie qui avait su le toucher d'une manière si différente que toutes les autres personnes de son sexe, Amédée fit

le complaisant avec le père. Il leva des
plans, lui traça ses dessins, se rendit en un mot tellement utile auprès
du vieillard, que le Baron ne put plus
passer un jour sans le voir. Amédée
trouva aussi le tems de filer l'amour auprès d'Eugénie, de lui avouer sa passion, d'apprendre enfin qu'il était payé
de retour. Quel bonheur !... mais il s'a-
git de le consolider, et d'épouser ; car
ce n'est qu'au mariage qu'on peut prétendre avec une personne aussi vertueuse !.... Au mariage !.... Comment
l'espérer ? le fils d'un pauvre potier d'é-
taim ! Il faudra donc déclarer qu'on est
Amédée Rouffilot, et plus le chevalier
d'Aranville ! Quelle honte, sur - tout
quand on sait que le Baron, qui d'ailleurs n'est pas riche, est entêté de sa
noblesse, n'estime que les nobles, et ne
veut donner sa fille qu'à un homme de
condition. Ces réflexions cruelles font
long-tems le supplice d'Amédée. Il sait
qu'il est aimé d'Eugénie, chéri comme
un fils, du Baron qui, cent fois, lui a

VI.   13

fait entendre qu'il n'est pas éloigné de lui faire épouser sa fille, et il faut que le destin l'ait fait naître d'un misérable potier d'étain ; il faut qu'il ne soit pas en effet un chevalier !.... Quel obstacle !...

Le peu de délicatesse d'Amédée et ses anciens principes lui suggèrent à la fin un moyen de le lever, cet obstacle qui paraissait insurmontable. Il connaît un généalogiste de bonne composition ; il ira le trouver, et il l'engagera, à force d'or, à l'ennoblir, à lui composer des titres de noblesse.

Amédée a de l'or ; car s'il fait l'amour toute la journée, il passe une partie de toutes les nuits à jouer dans des académies, et notre adroit jeune homme est plus qu'heureux au jeu. Il a donc une somme assez forte pour séduire le généalogiste en question, et il se rend chez lui. D'abord il jette sur sa table une bourse énorme ; puis il lui dit : Monsieur, je suis Amédée Roufflot, fils d'un potier d'étain de la rue Mouffetard ;

mais il faut que vous fassiez de moi un
chevalier d'Aranville , que je compte
dans ma famille des ducs , des barons ,
des maréchaux de France , que sais-je
moi !

Ce discours était laconique; mais Amédée était le fils de son père ; c'est - à-
dire , qu'il avait le caractère décidé du
bonhomme Roufilot.

Le généalogiste, ébloui à la vue de l'or,
consent à tout. Amédée , enhardi par ce
consentement, lui conte qu'il va épouser
la fille de M. le baron Desmarlières ;
lui donne l'adresse de ce Baron , et le
prie de lui apporter ses titres de noblesse
qu'il va lui faire , tel jour , à telle heure,
chez le Baron lui - même. Le généalogiste lui demande combien il desire de
parchemins. — Vingt , trente, lui répond Amédée , cent, si vous le pouvez ,
cela ne fera que mieux. — Fort bien ,
replique le généalogiste; je mettrai tout
cela dans une petite cassette très - propre , et que je scellerai du sceau de vos
armes. — De mes armes ? — Oui , de

13.

celles que je vais vous faire. — C'est
dit.

Amédée sort rayonnant de joie. Il
court trouver le Baron, et lui demande
sa fille en mariage. — Vous prévenez
mes vœux, mon ami, lui répond le Baron, je vous la destinais ; mais vous connaissez mes principes, j'exige que ma
fille épouse un homme de condition. Êtes-
vous bien.... noble ? — Si je le suis,
monsieur le Baron ! J'ai écrit à mon
homme d'affaires de mettre tous mes
titres en ordre, et de me les envoyer
samedi prochain : j'ai même pris la liberté de lui ordonner de les faire porter
ici, chez vous, et ce sera vous - même
qui lirez tous ces vieux parchemins qui
vous prouveront ma noble origine. —
Vous avez fort bien fait, et je consens
à en faire l'examen. Ah ça !.... et la
fortune ? car il faut parler de cela. —
La fortune.... c'est, je l'avoue, le côté
le plus faible. — Comme chez moi ; je
ne suis pas riche ; j'ai tout au plus dix
mille livres de rente ; et si j'en donne

deux à ma fille , c'est tout ce que je puis faire. — J'en ai à-peu-près le double , moi , oui.... quatre à cinq mille livres de rente au plus. — Bien prouvées ? — Comme le reste.

Il avait raison , de dire que sa fortune était aussi prouvée que sa noblesse ; car le cher Amédée ne possédait rien , et il espérait , après le mariage , obtenir son pardon de ce mensonge , et vivre avec sa femme en commun sur les dix mille livres de rente du beau-père. Enfin , notre fripon trompait cette famille de toutes les manières.

Il écrivit soudain à son généalogiste de lui fabriquer en même-tems des contrats comme s'il avait quatre mille livres de rente. L'autre lui répondit qu'il allait se mettre à cette nouvelle besogne , et que tout serait prêt pour le samedi suivant , comme il le lui avait promis.

Avec quelle impatience Amédée attendit ce jour fortuné ! Il était agréé du père ; Eugénie savait qu'il allait être son

époux ; on avait fixé la signature du contrat, les fiançailles, à ce samedi tant
désiré. Tous les parens du baron étaient
convoqués pour ce jour-là. Amédée ne
quittait pas la maison de sa prétendue ;
et quand il avait un moment de libre,
il volait chez son généalogiste, et le regardait faire ses arbres, ses dessins, son
blason, tout son griffonnage dont il était
parfaitement content : en effet, le faus-
saire lui fabriquait une ample provision
de parchemins.

Le jour arrive enfin. Amédée a pris
les vêtemens les plus galans ; il est charmant, rayonnant de plaisir et d'espoir,
et il se rend chez le baron Desmarlières
qu'il trouve déjà en grande compagnie.
Ce sont tous ses parens. Amédée est sa-
lué par une vieille marquise par-ci, un
vieux commandeur par-là. Plus loin,
c'est un oncle qui fut président à mor-
tier. A la cheminée est une comtesse en
grand panier, et, dans l'embrâsure d'une
croisée, Amédée remarque deux jeunes
chevaliers qui vont devenir ses cousins.

Toute cette famille lui fait des révérences profondes ; le baron se présente, fait son éloge qui est répété à la ronde. Les vieillards lui trouvent un air martial, les vieilles le toisent avec un mouvement de tête, comme en disant : il est fort beau cavalier ; les jeunes gens parlent entre eux d'autre chose, et la charmante Eugénie est là aussi qui rougit et reçoit avec une aimable modestie tous les complimens qu'on lui adresse sur ses attraits ainsi que sur le choix qu'elle a fait.

Une porte s'ouvre, et un laquais, porteur d'une cassette, la dépose sur le bureau du baron, en disant : Voilà les titres de noblesse de M. le chevalier d'Aranville. Amédée enchanté s'éloigne par modestie. Le Baron, ses parens et les vieilles femmes, lunettes sur le nez, s'approchent pour lire les parchemins. Tout le monde a les yeux fixés sur la boîte. Le baron brise les cachets, les banderoles de papier qui couvrent cette cas-

sette , le couvercle se lève enfin , ciel !
que voit-on ?.... une seringue !....

Pardon , madame d'Arleville , et vous ,
mesdemoiselles , si je.... »

Ici , le peintre Derbin est interrompu
par les éclats de rire de tous les enfans
qui se tiennent les côtés en s'écriant :
Une seringue ! une seringue !— Je l'aurais parié , dit Cyprien !

M. d'Arleville laisse un libre cours à
cette joie universelle et bien naturelle.
Quand elle est calmée , le peintre Derbin reprend la suite de son récit.

« Qu'est-ce que c'est que cela , s'écrient
ensemble le Baron et tous ses parens stupéfaits. — Ne le voyez-vous pas , Messieurs , leur répond de loin Amédée ;
ce sont mes titres de noblesse. — Cela ?
— Cela. — Fi , quelle horreur , dit la
vieille comtesse au grand panier ! —
Comment, quelle horreur, reprend Amédée ; daignez lire , vous verrez. — En
effet , replique le baron , voici une
lettre.

Et il lit à haute voix :

Le prétendu chevalier d'Aranville n'est autre qu'Amédée Roufflot, fils de Léonard Roufflot, potier d'étaim, ci-devant rue Mouffetard.

Pendant que tout le monde reste pétrifié, pendant qu'Amédée, frappé comme d'un coup de foudre, cherche à deviner qui a pu lui jouer un pareil tour, on entend, dans l'anti-chambre, le bruit d'un homme qui semble se quereller avec les laquais pour forcer la porte. Cet homme entre précipitamment, et Amédée, qui le reconnaît, tombe, privé de sentiment, sur un fauteuil.... C'est Léonard Roufflot lui-même. Messieurs, mesdames, dit-il, je vous demande bien pardon ; mais c'est que j'ai ici un coquin de fils... Ah ! te voilà donc, pendard, mauvais sujet, qui renies ton père, qui le méprise, et qui veux tromper ces honnêtes gens. Il y a tantôt neuf ans que je ne t'ai pas vu, vaurien, et il faut que je te retrouve au moment où tu me déshonores par une friponnerie !... Ton

généalogiste, qui me connaît, m'a tout
dit, et j'ai à cet honnête homme l'o-
bligation de t'empêcher de faire une nouvelle sottise. Allons, vite, qu'on marche
devant moi !

Amédée recouvre ses sens ; terrifié,
humilié par la présence de son père, il
sent que le plus court parti est d'avouer
sa faute. Il se jette aux genoux de Roufflot en versant des torrens de larmes.
Mon père, s'écrie-t-il, mon père ! Et
vous, monsieur le Baron, pardonnez,
pardonnez-moi tous ! J'adorais Eugénie.... Je n'avais qu'un seul moyen pour
l'obtenir, et si ce moyen est coupable,
la faute en est à l'amour. — A l'amour,
reprend Roufflot ; est-ce l'amour qui t'a
fait abandonner ton père au sortir de
ton chien de collége ? Est-ce l'amour qui
t'a fait mépriser, oublier l'auteur de tes
jours ?...— Mon père ! pardon, pardon,
ou je meurs à vos pieds !

Amédée verse des larmes d'un véritable repentir. Elles n'ont pas de peine
à toucher le cœur sensible du bon Rouf-

flot. Il sent qu'il va céder ; il veut tenir rigueur... mais son fils est là à ses pieds.... Il est si beau, son fils, tout le portrait de sa mère !.. et il y a si long-tems qu'il est privé de la vue de ce fils chéri !... Cependant Roufflot veut vaincre sa tendresse ; mais un incident la lui rend tout entière, et change totalement la face des événemens.

La vieille comtesse au panier rompt le silence général de ses autres parens. Elle est indignée de voir sa famille prise pour dupe, et elle dit avec aigreur au bon Roufflot : Allons, bonhomme, allons, remportez votre seringue, et débarrassez-nous de la vue de votre impertinent de fils ? — Comment, comment, madame, lui répond fièrement Roufflot en se redressant, que je vous débarrasse de mon impertinent de fils ? J'ai le droit de le gronder, ce fils, mais personne n'a celui de lui dire des injures. Et si je veux lui pardonner, moi (*il le relève brusquement par un bras, sans cesser de regarder la comtesse*), si je veux lui pardonner, c'est qu'apparemment je ne le trouve pas si impertinent que vous voulez bien le dire.

Amédée veut se jeter au col de son père. Roufflot le repousse en lui disant : Tais-toi, toi ? un moment ; que j'aie fini avec madame. Quant à ma seringue, madame, telle que vous la voyez, il ne faut pas la mépriser ; elle vaut mieux que tous vos oripeaux, que tous les parchemins à rats que vous comptiez trouver dans cette cassette. — Monsieur le Baron, débarrassez-nous donc de cet homme grossier ?

Le baron reste muet ; Roufflot continue. Oui, madame, oui, monsieur le baron, nous allons vous laisser, moi et mon fils ; mais avant de partir, je suis bien aise de montrer à madame que ma seringue a dans le ventre quelque chose qui vaut mieux qu'elle. — Que moi, insolent ? — Que ma seringue.

Et il prend la seringue. La Comtesse s'écrie : N'approchez pas cela de moi. — Allons donc, réplique Roufflot, en

riant, madame fait fi donc ! Feriez-vous
fi donc aussi de ce que j'y ai caché ?
(*Il tire des papiers.*) Tenez, voilà le
titre d'une charge de secrétaire du roi
que j'ai achetée à mon fils , et qui l'en-
noblit. Et puis , voici le contrat d'ac-
quisition d'une belle et bonne terre qui
lui rapportera au moins quinze mille livres de rente. Je n'aurais pas amassé
tout cela si j'avais fait fi donc, comme
Madame, si je n'avais pas vendu des
seringues !

Tout le monde ouvre de grands yeux.
Amédée ne peut que dire : Mon père...
quoi ? cela est - il bien vrai ? — Très-
vrai , mon fils. Tu es noble , et tu as
quinze mille livres de rente. Voilà ce
qu'a fait pour toi un père que tu as ou-
tragé , mais qui a voulu te punir à force
de bienfaits !.... — Mon père ! Homme
trop généreux. Ah, monsieur le Baron !

Amédée court se jeter aux pieds du
Baron. Roufflot veut l'entraîner : Laisse-
là ton baron, lui dit-il, laisse-là tous
ces nobles qui nous méprisent , qui nous

humilient ; si je savais que tu prisses jamais leurs défauts ! Viens, viens avec moi ; tu peux aspirer maintenant à d'autres partis. — Il n'en est qu'un pour moi, Eugénie, Eugénie !

Le baron met fin à cette scène : Terminons, dit-il, tous ces différens : Donnez-moi la main, brave homme, (*Roufflot lui donne la main,*) et, croyez-moi, unissons nos enfans, sans entrer dans d'autres détails sur les événemens de cette journée.

La Comtesse au panier crie que c'est une indignité, qu'elle ne consentira jamais à une semblable union..... Elle sort ; on la laisse partir, attendu qu'on n'a pas besoin d'elle. On s'explique, on s'entend, on s'arrange, on signe le contrat, et Amédée devient l'époux de mademoiselle Desmarlières.

Amédée a sans doute été reconnaissant envers Roufilot, le modèle des pères ; mais Amédée n'a jamais pu se défaire de sa hauteur, non plus que des principes de légèreté et d'indélicatesse qui avaient signalé sa jeunesse. C'est lui-même, c'est cet Amédée que, votre jardinier et moi, nous avons vu rire hier, à la grille, pendant tout le tems de notre petite fête. Vous concevez qu'un homme qui a été si long-tems ingrat envers son père, ne peut être bien touché des tableaux si intéressans de la tendresse paternelle et de la piété filiale. Il a un bien à quelques lieues plus loin, et c'est sans doute en s'y rendant que M. Amédée Roufflot se sera amusé à regarder notre fête pour la tourner en ridicule. Passons à l'histoire de l'autre curieux, qui s'est comporté bien différemment. »

M. d'Arleville observa au peintre Derbin que ce nouveau récit les menerait tous trop loin. Il engagea cet honnête artiste à lui amener, le lendemain, à dîner son estimable Charline et ses quatre enfans : Vous êtes, lui ajouta-t-il, bon mari, bon père, je suis curieux de faire connaître à mes enfans votre épouse, dont on m'a dit que vous leur aviez raconté le trait sublime ; et demain, mes fils, mes filles et les vôtres, nous ne ferons tous qu'une même famille !

Derbin promit de se rendre à cette invitation, et l'on s'entretint, le reste de la journée, des détails de la veille, et du bonheur que la Providence avait enfin répandu sur M. d'Arleville.

~~~~~~~~~~~~~~~~~~~~~~~~~~~~~~~~~~~

LIVe. JOURNÉE.

PERSONNAGES.

MONSIEUR, MADAME D'ARLEVILLE, LE
SAGE PHILBERT, M. DERBIN,

Tous les enfans.

Il ne faut pas demander si madame
Derbin et ses enfans furent fêtés et em-
brassés à la ronde, sur-tout par Tony,
Charlet, Mimi, etc., qui avaient entendu
le récit de leurs malheurs. On joua, on
se promena, on causa, on dîna, et, au
dessert, toute l'attention se porta sur M.
Derbin, qui parla ainsi : Nous en sommes à l'histoire de M. Franval, c'est
le nom de l'autre personnage : elle a
quelque chose d'analogue à celle que je
vous ai racontée hier, et vous verrez
bientôt en quoi.

LE PETIT RÉMOULEUR,

OU L'HÉRITIER.

La scène ici se passe dans un village. Jacques Lamarre était un vigneron qui avait perdu sa femme et qui était père de quatre enfans, Georges, Jacques, Etienne et Baptiste. Jacques Lamarre n'avait pas à se louer de ses trois aînés (le plus jeune, Baptiste, n'avait que quatre ans); Georges l'avait quitté pour se faire soldat; Jacques travaillait en journée chez un autre vigneron au lieu de soulager son père, et Etienne était un paresseux qui ne voulait rien faire. Jacques Lamarre, ne pouvant seul amasser quelque bien, mourut, laissant à ses enfans des dettes que, comme vous le pensez bien, aucun d'eux ne voulut acquitter. Jacques Lamarre, avant de mourir, fit appeler près de son lit Jacques, Etienne et le petit Baptiste. Vous allez me perdre, leur dit-il, et, au chagrin que j'éprouve de ne rien vous

laisser, s'en joint un autre non moins douloureux pour moi. Vous connaissez tous
ma sœur aînée, votre tante, cette bonne
Geneviève Lamarre, qui a près de soixan-
te-dix ans. Elle est bien âgée, bien infirme et sans consolation sur la terre. C'est
moi seul qui la fréquentais ; je passais
les soirées auprès d'elle, je soulageais
de mon mieux cette sœur chérie dans
ses travaux domestiques : ce n'est pas
qu'elle ait besoin de travailler pour vivre ; retirée dans ce village, elle ne demande rien à personne, et je lui soupçonne plus d'aisance qu'elle n'en affecte ;
car le seul défaut que je lui connaisse,
c'est l'avarice, et elle l'a au dernier degré ; mais, du reste, c'est une bonne
femme !.. Je vous ordonne donc, quand
je ne serai plus, de la voir, de la cultiver, de lui vouer le même respect, les
mêmes soins que vous me deviez, de
lui faire en un mot oublier ma perte,
si cela se peut ; et votre intérêt doit
même vous conseiller de suivre cet ordre ; car, si elle est riche comme on le

dit, vous êtes ses seuls héritiers, son
bien vous reviendra, et, en la voyant,
en vous en faisant aimer, vous empê-
cherez qu'elle ne le donne à d'autres,
qu'elle ne fasse des legs en faveur d'é-
trangers. Jurez-moi donc de ne point
l'abandonner !

Etienne et Jacques, qui ont de très-
mauvais cœurs, se taisent. Le moribond,
affecté justement de leur silence, fait
approcher le petit Baptiste : Mon enfant, lui dit-il, tu es bien jeune, mais
si tu as entendu et compris ce que je
viens de dire.... — Oh que oui, papa,
je l'ai bien entendu vas ; c'est d'aimer
comme toi-même ma tante Geneviève.
— C'est cela même. — Oh, je n'aurai
pas grand'peine à le retenir. — Tu me
promets donc qu'à défaut de tes frères,
sur lesquels je ne puis pas compter, tu
tiendras lieu de fils à ta tante ? — Je
te le promets, papa. — Bien, mon enfant (*Et il l'embrasse*). Elle est presque
impotente, cette pauvre femme ! il lui
est impossible d'assister à mes derniers

momens. Mais que ma mort va lui coû-
ter de larmes !.... Allez, Messieurs,
allez, votre présence m'afflige ici plus
qu'elle ne me fait de bien.

Il s'adresse à Etienne et à Jacques,
qui se retirent avec la plus coupable in-
sensibilité. Le vieillard expire, et soudain on vient chercher le petit Baptiste,
pour le mener chez sa tante, qui, désormais, veut prendre soin de cet enfant.

Jacques retourne chez son maître ;
Etienne, qui sait un peu écrire, se met
clerc chez l'huissier du village, et Georges
est à son régiment, en sorte que Baptiste
reste seul auprès de la bonne Généviève,
dont il fait le charme ainsi qu'il l'a
promis à son père. Geneviève est une
fille des champs, simple, ignorante et
mise à faire trembler ; car elle est d'une
avarice sordide. Elle n'a que peu de
meubles, encore sont-ils pourris de vé-
tusté ; et, quoique son grand âge et ses
infirmités exigeassent qu'elle se nourrît
sainement, elle se refuse jusqu'aux choses de première nécessité pour l'existence;

elle est avec cela grondeuse, quinteuse, humoriste et tracassière ; mais elle aime Baptiste ; et Baptiste, qui a un excellent petit cœur, la chérit comme une mère, sans remarquer aucun de ses ridicules. Quand il a atteint l'âge de douze ans, Geneviève qui en a soixante-dix-huit, Geneviève qui aurait besoin de sa société plus qu'en aucun temps, Geneviève enfin songe qu'il lui coûte cher, qu'il lui mange beaucoup de pain ; elle veut qu'il fasse quelque chose pour en gagner : et elle l'aime avec cela ! Singulier caractère, qu'on ne rencontre que parmi les gens les plus communs des campagnes, sur-tout lorsqu'ils sont dominés par l'avarice.

Un remouleur du voisinage apprend son état au petit Baptiste, ce qui n'est pour lui ni long, ni difficile. Geneviève lui achète une petite brouette, une meule, tout ce qu'il lui faut ; et, chaque matin, elle l'envoie courir les villages des environs, en lui prescrivant de revenir le soir, et de lui remettre le gain qu'il aura fait

dans sa journée. Baptiste est fidèle à cet
ordre. Il court par-tout en criant : *A...
petit !... A repasser les ciseaux, les
couteaux.* Il travaille, il gagne ses
vingt à vingt-cinq sols l'un portant
l'autre, par jour, et il les rapporte fidè-
lement à sa tante, qui les met à part,
pour lui acheter des habits neufs, tout
ce qu'il lui faut.

Cinq années s'écoulent dans cet exer-
cice, et notre petit remouleur, qui a
dix-sept ans, grandit et devient gentil
à croquer. Depuis quelques mois cependant, il est plus sérieux que de coutume.
Le croirait-on ? C'est que l'amour a déjà
parlé à ce jeune cœur si bon, si reconnaissant ? Il soupire donc ; mais il soupire en secret ; car Babet, qui est l'objet
de sa tendresse, est la fille d'un trop
gros monsieur, pour qu'il espère jamais
l'obtenir en mariage. Qu'est-ce que c'est
que Babet, allez-vous me demander ?
C'est une demoiselle qui repasse du linge
fin pour les habitans du village, et son
père, M. Patin, est l'illustre greffier

du bailli. M. Patin en impose à Baptiste, parce que M. Patin est toujours vêtu d'un habit noir à demi gris d'usure, d'une culotte de panne, d'une paire de bas de laine noirs, et qu'il a toujours une plume fichée dans son chapeau et une écritoire pendue à son côté. C'est un homme effrayant, comme vous voyez ! Pour mademoiselle Babet, elle est jolie, elle est jolie, oh ! comme un amour ; mais elle porte deux rangs de dentelle à son bonnet rond, elle a des robes longues, et jamais on ne la voit en sabots : c'est une dame absolument, et que notre jeune remouleur n'ose jamais aborder sans un profond respect et une grande timidité.

Cependant le cœur de mademoiselle Babet n'est pas fier, en comparaison de son origine distinguée ; elle a su remarquer l'impression qu'elle a faite sur le jeune Baptiste ; elle l'a examiné alors avec plus d'attention, et, le trouvant fort joli garçon, elle s'est attendrie, mais en dissimulant sa tendresse, comme

doit faire une demoiselle bien née. Deux
cœurs qui s'aiment ne peuvent pas
s'ignorer long-tems. Un mot par-ci,
un mot par-là, une jolie attention,
comme celle de repasser pour rien les
ciseaux de mademoiselle Babet, tout
cela dénote une passion violente ; et
nos jeunes gens, qui ne s'étaient fait
que des demi-confidences, desiraient
bien finir le plutôt possible et par un
bon mariage. Mais M. Patin, qui
était aussi très-clairvoyant, avait défendu à sa fille de voir, de regarder
même notre bon Baptiste. Il faut, avait-
il ajouté, il faut, mademoiselle Babet,
que vous ayez bien peu d'élevation dans
l'âme ! La fille d'un greffier oser lever
les yeux sur un remouleur ! Ah ! ah !
peut-on ainsi oublier sa naissance ! —
Mais, mon père, il m'aime ! — Lais-
sez-le vous aimer, Mademoiselle ; je
sais que vous êtes si jolie que vous ne
pouvez pas empêcher cela ; mais vous
pouvez, vous devez vous, ne pas
l'aimer, lui défendre de vous voir, de

vous parler, et je vous l'ordonne par toute l'autorité que j'ai sur vous !

Mademoiselle Babet pleurait, M. Patin réitérait ses défenses, et cela n'empêchait pas que les deux amans ne se chuchottassent, de tems en tems et à la dérobée, quelques mots de leur amour. Vraiment, disait Baptiste, si j'étais riche ?... — Si vous étiez riche, monsieur Baptiste, répondait mademoiselle Babet, cela me serait bien égal, je ne vous en aimerais pas davantage ; mais mon père consentirait à nous unir ; car il aime l'argent par-dessus tout, et vous seriez greffier comme lui. — Parbleu, je sais lire et écrire pour cela, c'est ma tante qui m'a fait enseigner ces belles choses par le magister, qui, on le sait, écrit tout aussi bien que M. Patin. — Ah, aussi bien ! Et le style donc ? — Je sais que Monsieur votre père a plus de style, oui il a du style ; mais on apprend cela, quand on a de l'argent. — Et vous n'en avez pas ? — Ah mon dieu non !

Les amans soupiraient, et Baptiste allait courir de nouveau à ses travaux ; mais occupé sans cesse de mademoiselle Babet, il ne savait plus ce qu'il faisait ; son pied ne donnait plus à sa meule la même régularité en tournant ; Baptiste ébrechait les couteaux, ou les usait trop au lieu de leur donner le fil ; il se faisait gronder par ses pratiques et ses profits diminuaient.

Les choses en étaient là, lorsqu'une maladie grave vint décider le moment très-prochain de la fin de Geneviève. Le frater du village et le curé ne la quittèrent pas ; Baptiste lui-même remit sa meule dans la petite grange ; et, oubliant mademoiselle Babet, l'univers entier, pour ne songer qu'à sa bienfaitrice, il se colla au chevet de son lit où il resta cloué jour et nuit. Aucun de ses frères ne parut, ce qui affligea beaucoup la malade. Dans les momens où elle pouvait prononcer quelques mots, on l'entendait dire : Les ingrats ! les ingrats ! mais Baptiste ne l'est pas, lui !

Dans d'autres instans, elle répétait souvent : j'ai trois fauteuils, trois beaux fauteuils ; Baptiste, tu les prendras, je veux qu'ils soient à toi, tous... Oui tout, tout, tout.

Et elle répétait sans cesse ce tout, tout, tout, avec des yeux égarés.

Le curé, homme grave mais peu spirituel, disait à Baptiste : Entends-tu, mon ami, qu'elle veut que tu ayes ses trois fauteuils ? — Mais qu'est-ce qu'elle veut dire par ce tout, tout, tout. — Elle veut dire tout ce qui compose les fauteuils, la moquette, les bois, les petits clous dorés. — Ah !

Quelques heures avant sa mort, Geneviève pût dire au curé : Prenez, Monsieur, ce petit coffre là-bas ?.... Bon, c'est où je mettais l'argent que gagnait Baptiste tous les jours. Remettez-le lui... là ?

Il y avait cent vingt livres dans ce petit

coffre, et tout en écus. Baptiste crut
posséder une fortune, et commença à
espérer qu'il pouvait prétendre à la main
de mademoiselle Babet. La mourante voulut ajouter quelque autre chose, en montrant ses fauteuils ; une crise la prit,
elle ne pût que dire : A Baptiste les
fauteuils ; tout, tout, tout !

Elle mourut !

Grand désespoir de Baptiste !

Ses frères reviennent tous les trois.
Etienne, Jacques, et George lui-même
qui avait obtenu un congé à son régiment, attendaient dans la rue le dernier
soupir de leur parente, pour se présenter
en héritiers. Ils avaient avec eux M.
Patin, qui devait griffonner sur un papier timbré, pour constater la part d'héritage qui revenait à chacun d'eux. Le
curé, outré de leur cupidité, se retire,
et voilà nos trois ingrats qui furetent
par-tout, et font l'inventaire de tout.
Pour moi, dit Baptiste en sanglotant,
je ne demande que ces trois fauteuils ;
ma tante me les avait donnés, je les

…

prends , et je vous cède le reste. — A
la bonne heure , dit Jacques ; monsieur
Patin , écrivez que Baptiste se contente
de ces trois vieux meubles , et qu'il n'en
demande pas davantage. — Non ; mais
aussi, replique Baptiste , vous me les
laisserez tels qu'ils sont , et sans rien
y prétendre ? — Oui , tels qu'ils sont.
Ajoutez ce mot, monsieur Patin ?

Et ils rient au nez de Baptiste qu'ils
regardent comme une bonne dupe. Et
M. Patin griffonne tout cela. Georges ,
Etienne et Jacques se partagent le beau
vaisselier d'étain , le buffet , les casse-
rolles , le chaudron , le grand lit à pentes
de serge , tout ce qu'ils trouvent; George
s'empare d'un quatrième fauteuil, trop
vermoulu, trop brisé pour qu'on puisse
s'en servir; mais il le prend pour en faire
du feu. Tout cela est détaillé, stipulé sur
le papier timbré; les quatre frères signent
ce grimoire, et chacun emporte son butin.

Baptiste , pendant que ses frères se
disputaient à qui aurait ceci , cela , Baptiste avait été louer un petit cabinet chez

un voisin : il y fait porter ses trois fauteuils , et le curé a la bonté d'y venir
passer la journée avec lui pour lui tenir
compagnie et lui offrir des consolations
dont il a besoin.

Cependant George et ses frères , qui
supposaient un trésor à leur tante, avaient
été bien étonnés de ne trouver que quelques pièces de monnaie , et dans ses poches encore. George , rentré chez lui,
brise le vieux fauteuil vermoulu qu'il a
emporté...... Quel est son étonnement
d'en voir tomber deux doubles louis ?...
Il cherche , il éparpille le crin , il ne
trouve que ces deux doubles louis. Ciel,
s'écrie-t-il ! les fauteuils de Baptiste en
ont sans doute davantage ? Voilà ce que
c'est que ces vieilles femmes avares ; elles
ne savent où cacher leur or , elles le
fourent dans des meubles , dans ces fauteuils par exemple ?

Il court chez Baptiste qu'il trouve avec
le curé. « Il n'est pas juste , dit-il à son
frère , que tu aies tout , et les autres
rien. Ma tante avait caché des louis dans

ces fauteuils , tu le savais ? — Qui te l'a dit ? — J'en ai trouvé deux dans celui que j'ai emporté. — Eh bien, garde-les. — Oui ; mais s'il y en a d'autres ici ? — C'est ce que j'ignore. Au surplus, ils seraient bien à moi : relis l'acte qu'a dressé M. Patin. — Tu ne briseras pas ces fauteuils ? — Cela ne te regarde pas , j'en ferai ce que je voudrai. — C'est affreux , dépouiller ses frères ! — Je ne dépouille personne ; j'ai ma part , vous avez les vôtres , laissez-moi tranquille. »

George sort furieux , et le curé , qui voit maintenant le sens de ces mots de la vieille , tout , tout , tout , le curé engage Baptiste à déclouer sur - le - champ ses vieux fauteuils. Il l'aide même dans ce travail. Quel Pactole roule aux regards de ces deux amis ! Des flots d'or coulent par-tout çà et là ; et après avoir bien tout vu , tout examiné , le curé , qui ramasse les louis , en trouve cent quatre-vingt-quinze !... Ah , mon Dieu , s'écrie Baptiste , quelle fortune ! mais elle est bien à moi. — A toi , Baptiste , à toi seul , et la gravité de mon état, l'austérité de ma morale ne s'opposent en rien à ce que tu la gardes. Je suis témoin que ta tante t'a donné ces trois fauteuils avec ce qu'ils contenaient ; tes frères te les ont laissés avec ces mots *tels qu'ils sont ;* ils ont renoncé à toute prétention sur ces objets , ils t'appartiennent ! d'ailleurs , ce sont des ingrats , tes frères , et le ciel les punit avec justice de leur indigne conduite envers leur père et leur bonne tante. — Ah, monsieur le Curé, que je suis heureux ! J'obtiendrai mademoiselle Patin ? — Oui , tu seras l'époux de Babet ; il n'y a pas de doute. J'arrangerai cette affaire-là avec le père. — Non , non, laissez-moi le plaisir d'y aller moi-même, et dès demain. — Je le veux bien ; j'appuyerai ta demande.

Le curé se retire , Baptiste passe une nuit agitée par le regret d'avoir perdu une bonne parente , et en même tems par l'espoir du bonheur qui l'attend. Il se lève au point du jour , fait une toilette très-propre , et prenant sa brouette , il la pousse jusque chez M. Patin, qu'il trouve se promenant en bonnet de velours et en robe-de-chambre dans son petit jardin. Quel bonheur ! mademoiselle Babet est à ses côtés !

Baptiste roule sa brouette jusqu'à eux dans le jardin, au risque d'écraser des plans de salade ou de ciboules. « Qu'est-ce que c'est que cette extravagance-là, Monsieur, lui dit M. Patin fort étonné ? je vous trouve bien hardi d'oser venir chez moi et avec tout cet équipage. — Monsieur, je viens.... je viens prendre la liberté de vous demander la main de mademoiselle Babet. — C'est-à-dire que vous venez vous moquer de moi ? Prenez la peine de vous retirer sur-le-champ. — Non, Monsieur, je ne me retirerai point que vous ne m'ayez dit pourquoi vous me la refusez ? — Mais voyez donc ce petit drôle, quelle impertinence !.... Allez, allez, Monsieur, je n'ai pas de raison à vous donner. — Eh bien, je vous en apporte de bonnes, moi, et qui m'autorisent à vous la de-

mander. — Ah, ah, voyons donc cela !
— D'abord, et j'insiste là-dessus, dites-
moi pourquoi vous ne voulez pas que
j'épouse votre fille ? — Oui, donnez donc
votre fille à un rémouleur ? le joli état ! —
Il en vaut bien un autre, quand on y
est honnête homme. — Qu'avez - vous,
Monsieur, que possédez-vous pour faire
exister votre femme ? — Mais, monsieur
Patin, j'ai ma meule. — Fort bien, après ?
— Et puis j'ai.... ce sabot-là ; le voyez-
vous là-haut, pour jeter de l'eau sur la
meule. — Oui, je vois ce sabot, voilà
quelque chose de rare. — De plus rare
que vous ne pensez. — Cessez votre ironie, s'il vous plaît. — Il n'y a point
d'ironie, monsieur Patin. Veuillez
prendre ce sabot. (*Il le lui donne.*) —
Je le tiens. Diable, il est bien lourd !
— Voyez ce qu'il y a dedans. — Eh bien,
de l'eau sans doute. Quoi, des louis ?
Ma fille, il est, ma foi, plein de louis !
— Il y en a deux cents, monsieur Patin !
Deux cents louis, hein, est-ce une fortune cela ?

Baptiste disait deux cents louis, parce qu'il avait ajouté aux cent quatre-vingt-quinze de sa tante, les cinq louis qui provenaient de son travail. M. Patin ouvre de grands yeux, se déride, sourit un peu ; puis il dit au jeune homme : — « Est-ce bien à vous, tout cet or ? — Bien à moi. — Et comment l'avez-vous acquis ? — C'est un don que m'a fait ma bonne tante en mourant. — Je me doutais bien que la vieille Geneviève avait un magot quelque part ! c'est toi qui en as hérité ? — C'est moi. — Sans que tes frères puissent en rien exiger ? — Je vous le prouverai. — Mais un état avec cela ? — Je sais lire, écrire. — Et tu as de l'intelligence, j'en conviens, beaucoup d'intelligence. Tu quitterais ton état de rémouleur ? — Je le quitterais. — Tu travaillerais dans mon cabinet, tu t'instruirais avec moi, de manière à me succéder. — Je ferai tout ce que vous voudrez. — Allons… mademoiselle Patin est à toi. — O bonheur ! — Dînons ensemble, et terminons cela le plutôt possible. »

Baptiste devint l'heureux époux de
Babet ; il prit son nom de Lamare ,
s'instruisit auprès de son beau-père, lui
succéda , acquit de nouvelles connaissances , gagna l'amitié du seigneur du
village , au point que ce seigneur le
prit, par la suite , pour son intendant ,
puis pour son secrétaire , et mourut en
lui laissant, pour récompense de ses travaux , le petit fief de Franval , situé à
quatre lieues d'ici , et qui rapporte à-
peu-près deux mille livres de rente. Un
accroissement aussi rapide de talens et
de fortune vous étonne , je le vois ; mais
s'il est rare, il est réel ici ; et c'est ce
même M. Franval , autrefois le petit remouleur Baptiste , que nous avons vu
hier s'attendrir à la vue de notre fête.
Toujours bon , sensible, et reconnaissant envers ses bienfaiteurs , il ne pouvait que prendre le plus grand intérêt
à une famille qui, comme la vôtre , fête
le retour de son chef, et remercie le
Ciel des bienfaits qu'il a répandus sur
lui ».

VI.   15

Chacun admira les vertus du petit remouleur, son avancement mérité, et son
histoire fit l'entretien de toute la journée.

. Sur le soir, on annonça un particulier qui venait, disait-on, passer quelques jours à la Chartreuse. Ce particulier n'était point un étranger pour nos
amis. On le vit s'élancer dans le salon,
courir se jeter dans les bras de monsieur, de madame d'Arleville, et nos
enfans reconnurent leur cousin Hippolyte, cet aimable jeune homme qu'on
avait rencontré à la comédie Française,
à Paris, et qui avait promis de raconter des aventures bien étranges et bien
intéressantes. La curiosité des enfans
et celle de mon lecteur seront satisfaites
dans le volume suivant.

Fin du Tome sixième.

TABLE

DES JOURNÉES

Contenues dans ce sixième Volume.

Fin de la Table du sixième Volume.

De l'Imprimerie de B. IMBERT, cloître
Notre-Dame, n°. 35.